西夏の青き塩

五十嵐力
IGARASHI Tsutomu

文芸社文庫

目次

11 世紀頃の西夏と宋

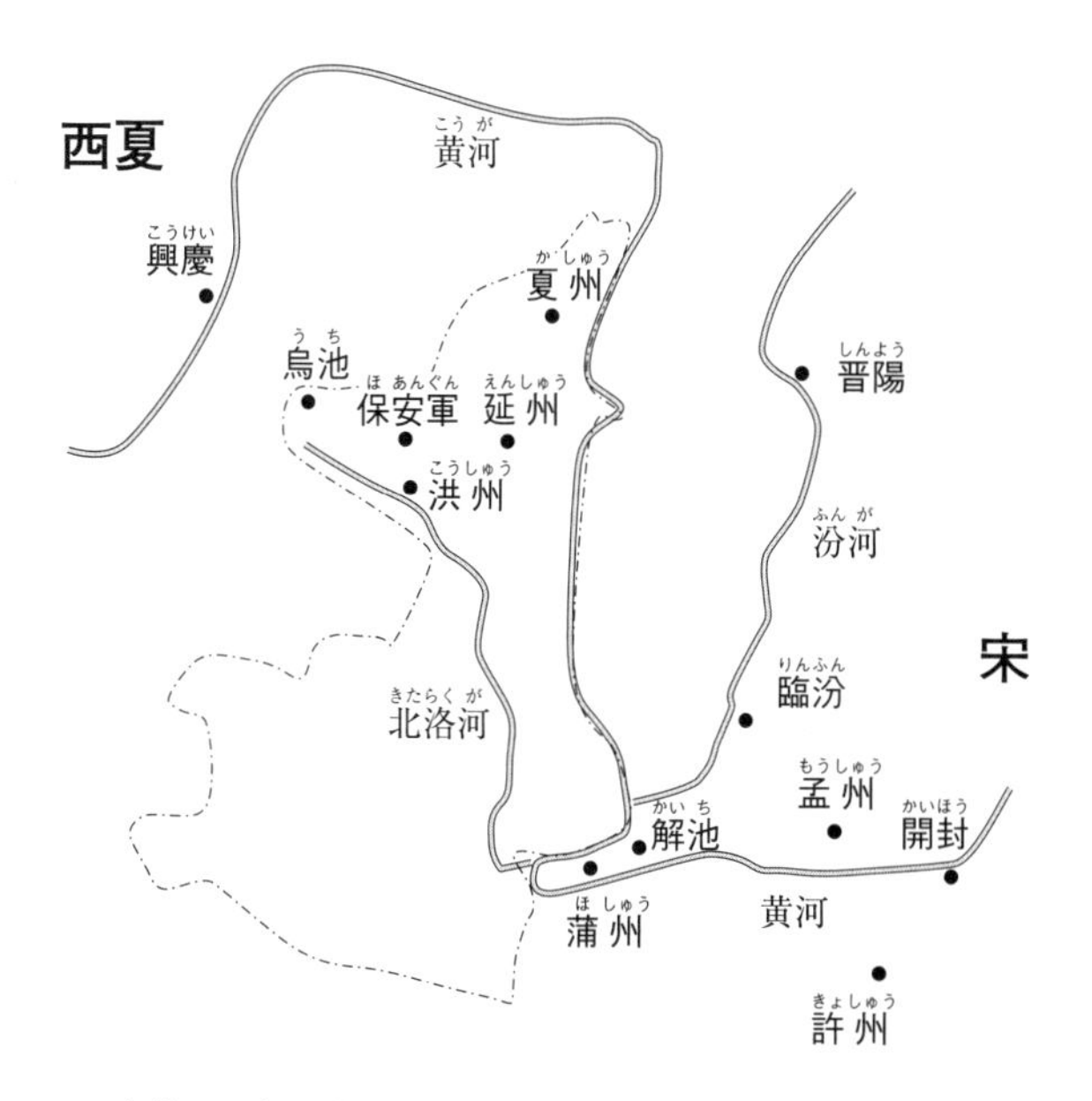

点線：現在の陝西省境界

●登場人物

杜宇俊（とうしゅん）　臨汾（りんふん）の塩商人　科挙（かきょ）に落第して塩商人となる

劉仲平（りゅうちゅうへい）　杜宇俊の父に雇われ、舟運に携わる男性

許博文（きょはくぶん）　西夏の烏池で塩の生産を行う男性

許徹元（きょてつげん）　許博文の息子

朱可欣（しゅかきん）　西夏の烏池で塩の生産を行う女性

おばば様　朱可欣の祖母　烏池で塩を取り仕切る

李継遷（りけいせん）　西夏の指導者　宋（そう）に反抗して西夏の独立のために軍を率いる

李徳明（りとくめい）　李継遷の跡を継いだ西夏の王　宋との友好的な関係を維持する

李元昊（りげんこう）　李徳明の跡を継いだ西夏の王　その後皇帝と称し、宋と四年にわたる長い戦いを行う

寧令哥（ねいれいか）　李元昊により立てられた皇太子　後に位を剥奪される

沈玉峰（ちんぎょくほう）　蒲州の塩商人　杜宇俊と組んで塩の密売を行う

劉昌（りゅうしょう）　蒲州の塩商人御三家の一人

薛利興（せつりこう）　宋朝の官僚　宋朝の財政や塩の密貿易対策に従事する

韓琦（かんき）　宋朝の官僚　対西夏軍事戦略の指揮官

王雲嵐（おううんらん）　塩の密売組織「覇天社（はてんしゃ）」の棟梁（とうりょう）
范祥（はんしょう）　宋朝の官僚　塩政の制度改革を行う
杜雅琴（とがきん）　上海浦東（しゃんはいほとう）電視台の女性社員

●地名

烏池（うち）　陝西（せんせい）省北部にある塩湖　西夏の主要な塩の生産地
解池（かいち）　山西（さんせい）省南部にある塩湖　宋朝の北西部での主要な塩の生産地
開封（かいほう）　宋朝の都　黄河と大運河の交差点に位置する
興慶（こうけい）　西夏の都　現在の寧夏回族（ねいかかいぞく）自治区の銀川（ぎんせん）市
晋陽（しんよう）　山西省の省都太原（たいげん）の宋時代の呼称
臨汾（りんふん）　山西省の汾河（ふんが）沿いに位置する町
延州（えんしゅう）　宋朝の北の軍事基地
洪州（こうしゅう）　陝西省の北部に位置する呉起（ごき）の宋時代の呼称　北洛河（きたらくが）に面する
蒲州（ほしゅう）　山西省南部の町　劉昌などの塩商人が活動する

西夏の青き塩

一、青白塩の地 烏池

寝床に細い朝の明かりが差し込んでくる。部屋の空気は湿って生暖かい。昨夜からの雨はやんだようだ。この時期、一晩中雨が降ることはとても珍しい。

「そうだ。すぐ行ってみよう」

許徹元（きょてつげん）は眠い目を擦りながらそそくさと着替え、一人で人里離れた烏池（うち）に急いだ。烏池のそばには数十もの塩田が仕切られている。結晶化が始まった塩田を昨日の雨が薄く覆い、烏池と一体になって広い水面を形成している。風もなく、空に浮かぶ白雲は、烏池の湖面と塩田の水面にくっきりと影を落としているが、空も地もすべて白色で天と地の境が定かではない。湖面に浮かぶ黒い小舟が、まるで空中に浮いているように見える。東の空には、今昇ったばかりの太陽が六月の光を水面に投げかけているが、その光が強くなるにつれて、白い雲と白い塩田が徐々に赤みを帯びてきた。冬や真夏では塩の白さと朝日の赤みの釣り合いがさほど印象的ではないが、この季節には白と赤の素晴らしい対比と融合を見せる。しゃがみ込んで変わりゆく景色を眺めていた徹元の後ろから、女の大きな声がした。

「きれいだね。ばあさまが今の季節、朝の池がきれいだから見てこい、と言ったんだ」

「びっくりするじゃないか。そんな大きな声を出して」

徹元は振り向きざま、少し怒った口調で答えたが、朱可欣の笑顔を見てすぐ気を取り直した。二人はこの烏池で生まれ、幼い時から遊んで育った。一つ年上の可欣が徹元をからかうことが多いが、徹元がいじめられたりすると可欣が助けてくれたこともしばしばある。知識の点でも徹元は可欣にかなわない。


　この地は古来塩が採れることから、六世紀西魏の時代に塩州と名付けられた。それ以来、隋・唐王朝にもその名は引き継がれ、十一世紀にはチベット系民族の党項族が西夏を建国したが、依然として同じ名で呼ばれている。唐の時代には権税史という役人が長安から派遣され、数名の部下とともに数百人の畦戸と呼ばれた塩の生産者を管理していた。黄巣の乱で唐が滅びた時に、権税史と畦戸の多くは、この地を離れ故郷に戻った。しかし、少数の畦戸はこの地に残り、引き続き塩を作りながら細々と生活をつないできている。唐が滅亡したあと、塩州を新しく支配した西夏は、この地を重視した。なぜなら、農作物が十分とれない西夏にとって、塩州の塩は中原の民の農作物と交換するために欠かせない生産物であったからである。塩の生産技術をよく知る漢人は西夏に大事にされた。その結果現在の畦戸は、権税史に引き連れられてきたが故郷に帰らなかった漢人と、唐の動乱で中原から流れて来た塩の生産技術を持つ漢人、それに新しく加わった西夏の民で構成されることとなった。許徹元と朱可欣の家族は、動乱で逃れて来てこの地に住み着いた漢人の末裔である。

はるか太古の昔に海であった地が隆起して、海水の水分が蒸発すると、塩分が凝固してまるで岩のような塊となる。その表面を周囲の山から流された土が覆うと、塩の塊は大地に埋もれる。さらにその上に湖ができ、湖の底が塩の塊に接触すると塩が溶け出し、濃厚な塩分を含む塩湖ができあがる。烏池もその一つである。烏池は海抜八百メートルを超す高地に位置し、極度な乾燥気候の地であるため、濃厚な塩水は何もしなくとも夏になると湖の縁で白く凝固を始める。

海から離れた中国奥地の民は、この塩湖の塩を貴重な財産とした。この地の人口が増加するにつれ、自然に固まってできる塩だけでは足りず、湖の近くに平らな土地を切り開き、畦で四角に囲った田を作り、春になると湖水を汲み上げ、塩の生産を始めた。日差しが強くなる六月ごろになると運ばれた水は急激に蒸発し、きらきらとした塩の結晶が底にでき始める。白色は日一日と輝きを増すが、ある段階で結晶は徐々に薄い青色を帯びてくる。塩水に含まれる鉱物のせいであるが、この色から人々は烏池で採れる塩を青塩と呼んだ。烏池から北へ約百キロメートル先に同様の塩湖があるが、その塩の色は純白であるため白塩と呼ばれた。青塩も白塩もともに塩の結晶は大きく、微かな甘みも帯びており、双方合わせて青白塩(せいはくえん)の名で知られ、西夏の民だけでなく、はるか離れた地に住む漢人にも好まれていた。一方中原の地では、塩は漢の時代から王朝の専売品であり、生産も流通も厳格な法によって定められている。青白塩が簡単に漢人の住む地に運ばれていたわけではない。

可欣が少し心配な口調で徹元に尋ねた。

「またお父さんと延州(えんしゅう)に塩を売りに行くの?」

「うん、あさって行くことになっている」

徹元はぶっきらぼうに答えた。可欣はこの春、十五歳になった。西夏の女はこの地の強い陽のせいか、皆浅黒い顔つきをしているが、可欣の頬は透き通るように白い。長い髪にきれ長の目がいつも優しい視線を投げかける。快活な性格で、徹元とは小さい頃野原で互いに転げまわっていたが、胸のふくらみを覚えてからはさすがに身のこなしが少し穏やかになった。徹元はずんぐりした体つきで、家の手伝いもするが遊びも好きで、森や川でつけた傷がいつも体のどこかにある。最近可欣の傍に寄ると、何か今までには感じたことがないよい香りが鼻の奥まで届き、思わずドキッとする。そんな時、決まって口調はぞんざいになる。

「延州に行って売るのは禁じられていて、見つかると処罰されるのでしょう。大丈夫なの」

「うん、走私（密貿易）は禁じられている。だけど実際は大量の取引でなければ、大目に見てもらえる。ここ何年処罰された者はいないそうだ」

「そう、でも怖い仕事だね。徹元が捕まったりしなければいいけど……」

「李徳明様は、宋朝と事を構えていらっしゃらないから、宋のお役人も目をつぶってくれるんだろう。ありがたいことだ」


タングートと呼ばれる党項族は、古来青蔵高原（現在の青海省を中心とした標高三千～五千メートルの高地）で放牧を主として生活してきた民族であったが、七世紀に現在の西蔵自治区の地から勢力を伸ばした吐蕃の侵攻を受け、徐々に東に追われた。武徳六（六二三）年唐朝に帰順し、安史の乱において唐朝を助けたことから、広徳二（七六四）年夏州、銀州（現在の陝西省北部）を得て、その地に移った。爾来この地に住み、夏州、銀州および周辺の綏州、宥州、静州を治めてきた。ところが、太平興国五（九八〇）年、党項族の首領であった李継筠が亡くなり弟の李継捧が跡を継いだ時、部族間の結束に亀裂が生じた。李継捧の人望がなかったことがきっかけであり、首領の地位を狙う武力衝突が生じたのだ。

この状況を宋の太宗（たいそう）に密告した者がおり、太宗の目には天祐と映った。数世紀にわたり繁栄を謳歌した唐朝が滅びたのはなぜか。それは節度使（せつどし）と呼ばれる地方の統治者にあまりにも権限を与えすぎたためだと太宗は考えていた。なんとかして王朝の権限を強めたい。しかし、長い間実質的な支配を続けてきた各地の支配者一族からその権限を奪うことはそう簡単ではない。何か口実が必要であり、反旗を翻させない策がいる。太宗は、李継捧を入朝させるという名目で都の開封（かいほう）に移住するよう命じた。そしてほとんど実権のない彰徳軍節度使という称号を与え、李継捧が宋朝に夏州、銀州、綏州、宥州、静州を献じるというかたちをとらせ、宋朝が直接支配することとした。李継捧以外の部族の主だった者に対しても都における一定の地位が約束されたことから、多くの部族長は一族を連れて開封への移住に旅立った。

李継捧のこの決定に反発したのが族弟の李継遷（りけいせん）である。

「虎は山を離れては生きられぬ。魚も淵を離れては住めぬ。祖先が守ってきたこの地を離れてわれわれはどうして生活できようか」

李継遷の叫びに同調する者が徐々に増えた。李継遷は宋朝の支配を打破するために、宋朝が運搬する軍の食糧を奪い、さらに隙を見て軍に攻撃を仕掛けた。

甍（いらか）が天に向かって並び聳（そび）える巨大な宮殿の奥で、宋の太宗は軍事を司る枢密使（すうみつし）である李堅尚（りけんしょう）の報告を聞きながら、額に深い皺を寄せていた。握りしめた拳が時々揺れている。

「初めはわずか数百人規模の反乱と聞いていたが、わが宋軍がなぜ鎮圧できないのだ。指揮官に問題があるのか。それとも軍備に不備があるとでもいうのか」

枢密使李堅尚は太宗の激しい怒りを収めるように、ゆっくり言葉を選んで答えた。

「指揮官は王飛でこれ以上に適任はないかと存じます。軍備も十分ではありますが、問題は地形であります。平地での戦いであれば、数と装備で勝るわが軍が負けることはありませぬ。しかし、かの地はほとんどが山と谷で、高度もあるため作物は十分にできず、古来漢人はほとんど住んでおりません。従いまして、十分な地形の図もない状態であります。一方、彼らはわずかな草原や水場を頼りに四季ごとに移動しており、複雑な地形を熟知しております。たとえ砦となる城を落としても、包（パオ）を持って住処（すみか）を移動するため、彼らの所在をつかむことははなはだ難しいのが現状であります」

「それでは、このまま彼らの跳梁跋扈（ちょうりょうばっこ）を許すとでもいうのか」

「そうではありませんが、もう少しお時間がかかるかと……」

強張った表情を崩さない太宗に向かって、軍需品をはじめとする物資全般を輸送する役目を担う転運司(てんうんし)の鄭文宝(ていぶんぽう)が意見を述べた。

「彼らを戦いで根絶やしにするのはなかなか難しいかと存じます。彼らの生活のもとを叩きましょう。土地が貧しく、寒さも厳しいことから作物が十分にとれない彼らは、烏池と白池で採れる青白塩と呼ばれる塩を中原の商人にひそかに売り、それで生活に必要な食糧を手に入れていると聞いております。もちろんわが国では塩は専売で、勝手な取引は許しておりません。しかしながら、彼らの扱う塩の量はさほど多くないことから、取り締まりをきつくはしておりませんでした。しかし、このような状況でありますので、徹底して取り締まりを行ってみましょう。それほど時間が経たないうちに彼らは音を上げることでしょう」

「面白い、直ちに実施に移せ」

太宗は鄭文宝の進言を承諾し、速やかな実施を命じた。


宋の各地で塩の専売を徹底し、党項族の青白塩を買う者があれば厳罰に処す旨の布告が貼りだされた。それまでは、見つかってもせいぜい鞭打ちの刑であった。しかし、ほんの少量の取引であっても顔に犯罪者を示す刺青を刻し、量が多かった場合には死罪を執行したことから、この措置は思わぬ逆効果をもたらすことになった。それまで李継遷の動きに同調せず、どちらかといえば宋朝に好意的な顔を向けていた党項族の一部が本気で怒りだしたのだ。彼らも塩をひそかに売って、生活に必要な食糧や衣類を漢族の地から得ていたため、青白塩の取引を全面的に禁止されては生活を維持できない。今まで宋朝に逆らうことなど考えていなかった彼らが続々と李継遷のもとに集まってきた。そして李継遷の指揮のもと、宋軍の食糧を輸送中に奪い、軍の背後を襲って打撃を与えた。宋朝は政策の失敗を認識したが、そうはいっても国内では塩を国家の専売としているため、青白塩の流通を簡単に認めるわけにはいかない。太宗と李継遷とは、お互いに引くに引けぬ戦いを続けることとなった。

転機は二人の指導者の急逝から訪れた。至道三（九九七）年太宗が病で亡くなり、真宗が跡を継いだ。数年経って、李継遷にも不運が襲った。咸平六（一〇〇三）年李継遷は宋に従う吐蕃族を降伏させたが、それは吐蕃族の謀で、講和の場に向かった李継遷はだまし討ちに遭い、矢を射られ重い傷を負った。翌年一月、李継遷は、死期の床で跡を託す息子の李徳明を呼び、今後は宋朝に逆らわず党項族をうまくまとめよと言い残し、息を引き取った。徹底して宋朝と武力で戦ってきた李継遷であったが、戦えば戦うほど宋朝との国力の差を痛感していたのであろう。

李徳明は幼いころから漢籍に親しみ、冷静な判断力を持っていたので、李継遷のこの言葉を深くかみしめた。

一方の真宗も太宗ほど権力に対する欲求は強くなく、北方の遼との対立を抱えていたことから、党項族との戦いはなるべく避けたいとの考えを持っていた。双方の思惑は数度の交渉を通じて結実し、景徳三（一〇〇六）年盟約の締結に至り、真宗は李徳明に節度使の位を授け、毎年銀一万両、絹一万匹、銭三万貫、茶二万斤を与えることを約束した。両者の対立関係はここでいったん収束する。

しかし、その交渉の中でどうしても合意できない事項があった。それは青白塩の扱いである。李徳明はなんとしても青白塩の取引を公に認めてほしいと要請した。だが、真宗は最後まで首を縦に振らなかった。それを認めることは、宋朝の財政の仕組みを根本的に揺るがす恐れがあったからである。一方で、取引に対して厳罰をもって処すれば、いつまた党項族の反乱を誘発するとも限らない。交渉した者同士で口頭の了解がなされた。すなわち大きな規模の取引でない限り、宋朝は大目に見る、厳罰には処さないとの合意である。

徹元は可欣の白い頬を見ながら話を続けた。

「明後日行く時は、二十斤の塩を袋に入れて担いで山道を降りる。雨のあとだと結構危ない。滑って塩の袋に穴が空いたらおしまいだ。延州には慶州（けいしゅう）の商人がいて買ってくれるんだが、もしいい値で売れたら、帰りに保安軍の榷場（かくじょう）（公定交易場）に寄って、母ちゃんに布を買ってくると父ちゃんが言っている。俺にも何か買ってくれるかもしれない」

「いいね。私もきれいな布が欲しいな」

可欣は袖が擦り切れた上着を眺め呟いた。

二、榷場のにぎわい

宋の時代、中国の北西部に保安軍という地があった。〝軍〟という名がついているが、軍隊の所在地ではなく、宋朝が築いた城壁で囲まれた町である（現在の陝西省志丹県）。そこに榷場と呼ばれる宋朝と西夏の交易所があり、天聖（てんせい）九（一〇三一）年の初夏、二人の若者がこの門の前に立った。若者の後ろには、牛に荷を引かせた二人の男がついていて、どこのものかわからぬ訛り言葉を話しながら足早に榷場の中に入っていく。門からは見慣れぬ衣装を着た女が、布を小脇に抱えて出てきた。多分西夏の女だろう。門の中もかなりの喧騒のようだ。

二人の若者のうち、一人は鄭文静（ていぶんせい）といい、薬問屋の息子である。もう一人は杜宇（とう）俊（しゅん）という名で、この春二十歳になった。杜宇俊は、きりりとした大きな目を持ち、頬は痩せて窪み、年齢よりいくつか老けて見える。彼は臨汾（りんふん）の生まれで、家の近くに住む鄭文静について保安軍までやってきた。臨汾は現在の山西（さんせい）省南部に位置し、名前の通り汾（ふん）河（が）に臨み、中国の名酒である汾酒の産地に近い町である。

杜宇俊の家は汾河で舟運業を営んでいたが、彼は商売とは縁のない道を歩むつもりであった。それは彼が幼少のころから、乾いた砂が水を吸い込むがごとく文字を覚え、十歳になる前から中国の古典に興味を示したからであった。その特異な才能に気づいた父が、近くの総源寺の和尚に頼み論語を学ばせたところ、次から次へと孔子の教えを諳んじて和尚を慌てさせた。和尚は詩経の豊かな響きを教えるまでが精いっぱいであったが、それ以上の成長を期待して、杜宇俊の父に告げた。

「この子は、臨汾の田舎で商いをやるより、ひょっとしたら天子様のもとで政を行う器かもしれぬ。わしが教えるのも限りがあるから、晋陽に出て学び、科挙を受けさせなさい」

かくして杜宇俊は十四歳から母親と二人で晋陽に移り、四書五経を日ごと学び、書法を身につけ、詩歌の道に研鑽を積んだ。晋陽は現在の山西省の省都の太原であり、臨汾の北に位置する。そして天聖八（一〇三〇）年の秋から始まった科挙を受験した。しかし、解試は合格したものの、次の省試で落とされ、最終の殿試まで進むことができなかった。

それまで省試の段階では四書五経に関する古典の出題がほとんどであったが、このたびは現下の政治に関する問いもあった。宋朝は西夏と対峙する以前に、契丹族である遼と激しい戦いを続けていた。その遼に対し、宋朝が景徳元（一〇〇四）年澶淵の盟と呼ばれる合意を締結後、毎年多額の銀と大量の絹布を送っていることに杜宇俊は不満を持っていた。遼の軍事的な脅威を、金品を贈って回避しているように映ったのだ。

「そもそも宋朝が以前の隋朝や唐朝に比べ、軍備に力を入れないのはおかしい」

　杜宇俊はそのような主旨で答案を埋めた。

　しかし、合否が発表されて結果が明らかになったあと、杜宇俊に対し、天子である仁宗は別な考えを持っているはずだと告げる者がいた。

「遼に与える銀や絹は、宋の国力を考えるとさほど過重な重荷ではない。むしろ、いざ戦いとなった時の戦費のほうが大きく、また遼と事を構えている間、北西で力をつけている西夏に隙を見せることとなる。ここはなんとしても平和を維持する必要がある。仁宗は、科挙において、現下の政治情勢に過激な意見を吐く者を排除せよとの指示を出しているのではないか」

　また別な見方を杜宇俊に耳打ちする者もいた。

「晋陽で学んだという経歴では宋朝は受け入れてくれないだろう。知ってのとおり、今から七十年前に太祖の趙匡胤が五代十国の混乱を治めて宋を建国したわけだが、その際最後まで抵抗したのが晋陽を都とする北漢(ほくかん)だ。宋朝はだいぶ手こずったので、次の太宗が晋陽の都を徹底的に破壊し北漢を滅ぼしたのは周知の事実。それからずいぶん月日は経っているが、宋朝の役人はやはり科挙を受けにくる晋陽出身者を警戒するだろう」

杜宇俊は宋の建国のいきさつを頭では知っていたが、半世紀以上の月日を経ても宋朝の内にかつての北漢の地域に対する不信感や警戒感が残っているとは思わなかった。でもたしかに晋陽で一緒に学び試験を受けた五人は、すべて省試で落とされている。晋陽で学んだことを原因とする見方が、ひょっとしたら本当なのかもしれない。もとより杜宇俊も、初めて受ける科挙にこの若さで合格するのは難しいだろうとは感じていた。三年後、あるいは六年後の試験に合格できればと心のなかでは思っていたのだ。しかし、周囲から聞こえる声をじっくり考えてみると、再び科挙を受けても、どうやら答案の優劣とは関係なく合格は難しそうだ。子供のころから神童と呼ばれ、自身も世に士大夫(したいふ)と呼ばれる官吏の道を歩めるだろうと思っていた杜宇俊は、それ以外の進む道を考えていなかった。試験の倍率を考えれば、もし不合格の場合はどうするかということを考えるのが普通であろうが、杜宇俊の思考の回路にその道筋はなかった。

試験に失敗し、もう一つ考えたことがあった。それは士大夫になっていったい俺は何をしようとしていたのか、ということであった。士大夫になれば周囲から尊敬され、うらやましがられる存在になるだろうということは想像していたが、しかし政治の場で何をしたいのか。群雄が割拠した戦国といわれる時代の治世や、魏、蜀、呉が覇権を争った世の歴史は学んだ。しかし、それをそのまま生かせる世ではない。では、ただ皇帝が命ずることだけやればいいのか。それもつまらない話だ。杜宇俊は落第して改めてこの国で官吏になることの意味を考え、自分の身の振り方を考え始めた。父親の舟運業を継ぐことはできる。しかし、連日酒と博打に明け暮れる荒くれどもを相手に一生を送るのは耐え難い。臨汾の自宅の庇の下でぼんやりと初夏の空を見ていた時、訪ねてきたのが薬問屋の鄭文静だった。聞けば保安軍というところに薬草を仕入れに行くらしい。なんでもそこは西夏との交易を行う榷場だという。

「連れて行ってくれ」

思わず言葉が口に出た。

そして十数日の旅を経て、保安軍にある榷場の入り口に着いたのだ。

「思ったよりにぎやかだ」

杜宇俊は門をくぐりながらそう呟いた。榷場の中はいくつかの通路を挟んで露店が立ち並んでおり、実にいろいろな物品が取引されている。西夏の露店で目を引いたのが、うずたかく積み重ねられている毛皮であった。毛皮を山と積んだ手押し車が通路を横切っている。熊、鹿、黒貂（くろてん）、銀狐、黒兎、狸など杜宇俊が見たこともない毛皮が多い。ふさふさとしたきれいな毛皮は、冬の寒さが西夏に劣らない宋の北部の街では、特に豪商の妻たちに人気があるという。

「利幅は大きいが、皮をきれいになめすことができる者が少ないんでな。結構難しい商いよ」

　鄭文静は杜宇俊に呟く。

隣の露店では色鮮やかな絨毯が広げられている。赤や青の原色を巧みに使って鮮やかな文様を描いている。中原の地での色づかいとは異なり、乾燥した空気に降り注ぐ陽光に映えて美しい。

「たいしたものはあるまいと思ってきたが、なかなかなものだな」

　思わず杜宇俊は呟いた。何よりも売る者と買う者が生き生きとしている。ドスの利いた男の声、かん高い女の声が混じり、通路では手押しの車に品々を積んだ男がどいて、どいてと言いながら急ぎの足を運ぶ。さらに歩くと、蔓で編んだ籠が三段の棚に並べてあるかと思うと、瑪瑙（めのう）や翡翠（ひすい）を扱う店もある。通路を一つ隔てた漢人の屋台では、白い陶器や刺繍された衣服が吊り下げられている。

「おまえは今日ここで何を仕入れるのだ」

杜宇俊は鄭文静に聞いた。

「まず甘草(かんぞう)だな。たいして儲からないが、これはどうしても買っていかなきゃならない。甘草はいろいろな薬の基となるからな。それからできれば麝香(じゃこう)を買いたい。値は張るが、これがなくては夜が困るというだんな方が多いんでな」

鄭文静は、にやりと笑った。

「蜜蠟(みつろう)も値が張らなければ仕入れたいしな」

鄭文静はあちこちの店で値切りの交渉を始めた。昼飯での再会を約した杜宇俊は鄭文静と別れ、一人で権場の奥に足を延ばした。大きな広場を挟んでさらに進むと光景は一挙に変わり、そこは数多くの動物の交易場であった。黒くカールした毛を持つ羊、少し背の低い馬、さらに奥には駱駝が長い首を空に向けて伸ばしていた。ここでも人々は、三々五々輪を作って談笑している。いや、談笑しながら鋭い目付きで値踏みをしているようだ。その緊張感がそばを通っていてもわかる。ただ、慣れない動物のにおいが、杜宇俊にはややきつい。一番奥までは行かず、先ほどの物品を扱う場所に戻った。

路地の角で見つけた茶店に腰を下ろし、一杯の茶と饅頭を頼んだ。店の奥では、赤や緑の玉で飾られた腕輪や耳飾りの品定めをしているらしい漢人の女三人と、頭の禿げた西夏の売り手が話し込んでいる。少し後ろの卓には薄い毛皮で肩から腰まで覆い、黒い毛皮の靴を履いた西夏の男が、十四、五歳の子供を連れ、饅頭を食べている。子供は時々袖口の袋から何か白い粒を取り出しては、饅頭につけて食べている。茶と饅頭がきたので、杜宇俊は再び前方の榷場の通路に目を向け、通り過ぎるさまざまな男や女を見つめていた。とその時、後ろで大きな声がした。

「さっきから怪しいと思って見ていたんだが、その子供の袖の中にあるのは西夏の塩だろう。出せ」

「いや、これは道中の食事のために持ってきたもので、ここで商いするものではありませぬ」

少年の父親が答えているようだ。

「ばか者、たとえどんな理由があろうとも、榷場に塩を持ち込むことはできぬ。牙人（仲介人）の所に引き出す。小僧、来い」

振り向くと、役人らしい装束をした男が子供の手を強引に引いて連れ出そうとしている。手には太い棒を持ち、父親の鼻先に向けて威圧している。杜宇俊の心の中にむらむらした感情が湧いてきた。立ち上がり、後ろを向いて声をかけた。

「そんなわずかな塩で罪を着せずともよいではありませんか。離してあげなさいよ」

「何、逆らう気か。それならおまえも一緒に引き出すまでだ」

杜宇俊は役人の棒を左の手で押さえ、右手で拳を作り役人の顔面に突き出そうとした。役人も身構えたが、杜宇俊は拳を役人の顔面から下げて彼の左の袖に入れ、チャリンと何かを入れると、にやりと笑った。その意味がわかった役人も顔のこわばりを解き、ふん、と一言呟き、その場を去った。


「ありがとうございます。見ず知らずのお方に助けていただき、お礼の申しようもありません」

父親は杜宇俊に何度も頭を下げた。

「俺はあんな役人風をふかす連中が大嫌いなんだ。ところでその塩を俺にもおくれ。饅頭を食べている途中なんだが、味があまりないので、何か欲しいと思っていたんだ」

少年は袖の袋から指先で塩をつまんで杜宇俊に渡した。饅頭に少し塩をつけて二口、三口食べた杜宇俊は、「おっ」と呟いて顔を少年に向けた。

「この塩うまいな。どこの塩だい？」

「うちで採れる塩だよ」

「うちってどこだい？」

「烏池っていって、ここから北西に五日行った山の中さ」

「いい塩だな。でもなんで、ここで扱っちゃいけないんだ？」

　話を聞いていた父親が口を挟んだ。

「この塩は西夏の烏池の塩水を日に当てて作る塩ですが、うまいうえに安いので宋朝は西夏からの持ち込みを固く禁じております。もちろん、この権場でも取引はできません。だからさっきの役人が威張り散らして脅してきたのです」

「そうか、でも安いといってどのくらい安いんだい？　うちの近くでは一斤三十八文くらいだが」

「西夏の町ではだいたい一斤十五文くらいで売られています。もっともうちは烏池で塩を採っているので元値がわかりますが、五文もしないでしょう」

「えっ、そんなに安いのかい。十五文で買えるならいくらでも土産に持って帰りたいくらいだ」

「うちの近くで採れる塩は、薄い青色をしていて青塩と呼ばれていますが、近くに真っ白い塩が採れる池があり、合わせて西夏の青白塩と言われています。公には取引を禁じられているのですが、先ほどお助けいただいたお礼に申し上げますと、こっそり宋の商人と取引する者もおります」

　杜宇俊の頭の中に細い稲妻が光った。

「でも取引したら、厳しく罰せられるのではないかい」

「たしかに表向きはそういうことになっていますが、西夏の李徳明様は宋朝に臣下の礼をもって臨み、争いを起こしておりません。権場での取引は認めておりませんが、それ以外の私市で少量を商いする程度は目をつぶっていただいているように聞いております」

杜宇俊は改めて少年からもらった塩を手のひらに載せてじっと見た。たしかに薄い青白色だ。粒も大きく結晶がはっきり四角の形をしている。舐めるとしょっぱさとともに微かな甘みがある。

「私市でこっそり取引する者もいるということだが、どうやって重い塩を運ぶのかね」

「さあ。それはわかりませんが、山また山の地ですから、せいぜい馬の鞍につけるか、牛の荷車に一緒に載せて運ぶのでしょう」

杜宇俊の頭の中で何かが回転を始めた。

「舟は使わないのかい」

「西夏の民は遊牧を生業としているものがほとんどで、黄河で穀物を運ぶ者が、ごくわずか舟を使うくらいです」

「そうかわかった。ところで、こんなところで知り合うのも何かの縁だ。名前を教えてくれ」

「許博文と申します」

「そうか、そしておまえの名は」

少年に向かって問いかけた。

「徹元だよ」

「そうか、いい名だな。俺は杜宇俊という。また会おう」

杜宇俊は立ち上がって、鄭文静と約束した昼食場所に向かった。それにしてもあの役人のいやらしさが思い出される。そうか、俺が科挙を受けて士大夫になるのは、あの役人たちのただ上になるだけか。そう考えると、権場での商人たちの生き生きとしたやり取りが急に新鮮に映ってきた。

店を離れて数歩歩いた時、杜宇俊は後ろから声をかけられた。

「もしもし、何か落とされましたよ」

振り返ると、旅の途中もしもの病の時のためにと鄭文静がくれた薬を入れた布袋であった。

「これはどうもすみません。大事なものをなくすところでした」

「失礼ながら、あなたは中原の地から来られた方とお見受けしました。先ほどの役人への対応を拝見して、その沈着なさばきに感心致しました」

「あなたは」

「失礼いたしました。薛利興と申します。中書省のなりたての役人で、権場の現地を見てこいとの命で一昨日からこちらに来ております。権場の取引は概ね順調に行われていると感じましたが、時々威を笠にいじめやゆすりを行う小賢しい連中が目に付き、どうすべきかと考えておりました」

「あなたも役人なら同じ役人に味方しないのですか」

「いや、ああいう連中をのさばらせると、結局は権場で取引をしようとする商人が減ります。それは、宋朝にとって望むことではありません」

「私はこの間の科挙で落ちたばかりの男です。国がどうなろうと関係ありませんが、ああいう権力を笠に着たやつが嫌いでしてね」

「なるほど、進士を目指したのですか。私は幸い三年前の試験で合格し、やっと下働きをしているところです」

「そうですか。私は河東の臨汾の生まれだが、あなたは」

「青州です」

「青州ですか。どこかで機会があったら会うかもしれませんね。それでは」

　進士という言葉を聞くと杜宇俊は心の傷に触れられた感じがしたが、すぐ気を取り直し、鄭文静が待つ昼食の場に向かった。

翌日、杜宇俊は保安軍での買い付けを終えた鄭文静と帰路についた。

「思ったものはだいたい買えたのかい」

日差しが強い山道を下りながら、杜宇俊は鄭文静に尋ねた。

「甘草は十分仕入れができた。でも麝香が惜しかったな。いいのがあり、売り手も売る気があるんだが、どうしても値段を下げない。いや、大きくは下げることができんのだ」

「どうしてだい。売る側と買う側が納得すれば、値段は決まるだろうに」

「そうもいかん。あの権場はな、もともと宋朝と西夏が公に取引するために作られたものだ。ただし、役人でなくともわれわれ商売人も取引できる。しかし、売り買いには五分の税を納めねばならん。勝手に値を下げて、税を減らされてはかなわないから、牙人という者がいてな、これが値が妥当かどうか決める。こいつが了解しない限り、勝手に値段を安くたたくことはできんのだ。だから多少の値の交渉はできるが、大幅な引き下げはできない」

「おまえが店で交渉している時、俺は権場の奥まで行ってみたんだが、羊やら馬、駱駝までいてにぎやかだった。ただ、においが強烈で早々に引き上げたが」

「そうか。あそこで取引されている馬は農耕馬だ。戦いに使えるような馬ではない。西夏は宋と軍馬の取引をすることを禁じている。もっとも宋も西夏に対して、銅や鉄、それに鏃(やじり)など武器となるものの取引を禁じているがな。それから西夏の青白塩も禁止だ」

「昨日茶を飲んでいたら、西夏の塩を持っていた子供に役人がえらい剣幕で脅しをかけていた。小銭を握らせて助けてやったが」

「おまえ、その青白塩を舐めてみたか」

「うん、少し甘みがあっていい塩だった」

「そうだろう。安くてうまい青白塩が入ってきたら、宋朝の塩の専売は維持できない。ということは宋朝の懐が崩れるということだ。だから榷場で塩の取引は厳禁だ。俺たちの臨汾の町で取引できる塩は解池(かいち)の塩と決まっているが、たしかに青白塩のほうがうまいな。おまえは知っているかどうかわからんが、こっそり取引している者もいるという。ただし、見つかったら、ただではすまんがな」

杜宇俊が科挙を受けるために書物で学んだことには、今日榷場で見たこと、そして鄭文静から聞いたことは含まれていなかった。世の中には、俺の知らないことがいろいろあるということを改めて知らされた思いがする。さらに売り買いをやっている男や女の生き生きした表情が印象に残った。俺は書いてあるものを学ぶ学問より、人間相手の商売の世界が向いているのかもしれない。杜宇俊は山道を下りながら、改めて世の中の広さをかみしめるとともに、今後の生きる道をあれこれと考えたのだった。

のちの世に黄土高原と呼ばれるこの地は起伏の激しい山地で、西の砂漠から数万年にわたって降り注がれた黄土の微粒子が、数十メートルもの固くて厚い地層を形成している。地質はたしかに固いが雨には弱く、降り注いだ雨が切り刻んだような渓谷を作りだしている。道は細く険しい。

「たしかにものを運ぶのは難しい土地だな」

杜宇俊は呟いた。

ここから二百里ほど山道をさかのぼって山脈の反対側に下ると、そこはもう漢民族の住む地ではなく、北方の遊牧民族が住む地であるという。それが証拠に秦の始皇帝が作った万里の長城の跡が、峰の稜線に連なっている。反対に今下っている道を前に進むと延州に出る。のちの延安で中国革命の聖地と呼ばれる地であるが、この当時は宋朝の北西部の軍事拠点であった。

延州から南に下り、北洛河から渭河に入り、さらに少し西にさかのぼれば唐朝の都であった長安であり、東に下れば渭河は黄河と合流し宋朝の都の開封に近づく。北方民族の住む地と、中原の王朝の地との間はさほど大きくは離れていない。
たしかに北方の塩が安易に入ってきたら、宋朝の財政も難しいことになる。杜宇俊はそのように理解した。

山道を下りながら、杜宇俊は総源寺で習った白楽天（白居易）の詩を思い出した。白楽天は約三千八百首という多くの詩を残したが、その中では特に玄宗皇帝と楊貴妃の愛を詠った「長恨歌」が有名である。白楽天は、詩人であるとともに、科挙に合格して唐朝に仕えた官僚であり、政治の世界からも世を眺めていた。特に若いころには社会の矛盾を激しく憤り、詩作に自分の気持ちをぶつけた。杜宇俊が時に好んで読んだ歌に、「新楽府」に納められている「炭を売る翁」がある。

売炭翁　　　　（炭を売る翁）
伐薪焼炭南山中　（薪を伐り炭を焼く南山の中）

で始まるこの詩は、冬の朝、前夜に降り積もった雪の中、年老いた翁が炭を積んだ車を引き、都に炭を売りに行く情景から始まる。着るものもなく、単衣で寒さをしのぎながらも、寒いほうが炭が売れると我慢して進む。ところが前方から馬に乗った役人が二人来る。そして手に文書をかざし、勅であると称して手押し車の炭を全部持っていこうとする。その対価としては、わずか半匹の赤い絹と一丈の綾のみ。

「こんなわずかな対価で、車に載せている千余斤の大事な炭を持って行ってしまうのか。この泥棒」

と思わず叫ぶ翁の声が聞こえてくるような詩だ。これは、皇帝が太監を派遣して町の中で品物を購入する「宮市」という唐の法律を使った行為であるが、実際は役人のゆすり、たかりにほかならない。

「新楽府」には「塩商人の妻」という塩を詠んだ詩もあった。杜宇俊はその一節を思い出しながら、山を下った。

塩商婦多金帛　　（塩商人の妻　金帛多し）
不事田農与蚕績　（畑を耕さず機も織らず）
塩商人の妻は、畑を耕すこともせず、蚕を飼わず機も織らず、金はたんまり持っている、か。
本是揚州小家女　（もとはこれ揚州小家の女）

嫁得西江大商客　　（嫁し得たるは西江の大商客）

もとは揚州の小さい家の女が、大商人に嫁いで贅を極めた生活をしているのを揶揄している詩だったな。

婿作塩商十五年　　（婿は塩商となり十五年）
不属州県属天子　　（州県に属さず天子に属す）
毎年塩利入官時　　（毎年塩の利　官に入る時）
少入官家多入私　　（官に入るは少なく　私には多し）

だんなは塩商人となって十五年、地方政府に属さず天子様直轄か。それで適当にごまかして官にはほんの少しあがりを納め、あとは自分の懐に入れる。

好衣美食来何処　　（満ち足りたる衣食　何処より来る）
亦須慚愧桑弘羊　　（すべからく桑弘羊に慚愧［感謝］すべし）
桑弘羊　死已久　　（桑弘羊　死してすでに久し）
不独漢世今亦有　　（ただ漢の時のみならず今もまた有り）

そんなうまい話がなんでできたのだ。それは前漢の時代に桑弘羊（そうくよう）が塩を国の専売にすることを考えだしたからだ。皆あいつのおかげだ。桑弘羊が死んで長い時が経つが、塩の専売は詩に残っているだけじゃなく、今でも続いている。

なるほど白楽天はよくわかっている。白楽天がこの詩を書いてからもう二百年ほど経っているが、今でも同じだな。

杜宇俊は揚州から来た小娘が、脂粉の香を漂わせた小太りの中年の女となって退屈な日々を送っている姿を想像した。一方で、榷場で舐めた青白塩の味を思い出し、思考の小さな閃きを頭で交錯させながら、山道の歩を進めた。

三、故郷 臨汾

保安軍から家に戻った杜宇俊は、数日自室で書棚に並んだ論語、中庸、易経、詩経などの書物を眺めながら考えに耽った。科挙を再度受ける気にはならない。学んだ四書五経の書は竈（かまど）の火にでも投げ捨てればいい。とはいえ、親の仕事をそのまま継ぐのも気が進まない。机に座って目を閉じると、榷場で見た交易のにぎやかさと、商品をやり取りする人々の真剣な表情が浮かんでくる。父親も母親も受験に失敗した自分には気を使ってか、あまり声をかけてこない。杜宇俊は書棚から離れ、窓辺から汾河の豊かな流れと、両岸に広がる高粱（こうりゃん）の畑に目を移した。

「若だんな、お昼ごはんができましたよ」

階下から声が聞こえる。杜宇俊が揚（よう）おばさんと呼んでいる女の声で、家で家族や舟を動かす男たちに食事を作っている。年は五十代半ばくらいだろうか。

「親父や母さんはいるかい」

「だんな様は朝から杏花村（きょうかそん）へ酒の運送のことでお出かけです。奥様は市場に行っておいでです」

「そうか、俺一人か」

杜宇俊は下に降りて食膳についた。揚おばさんが蒸した饅頭と薄黄色になった漬物を出してくれた。一口つまんだ杜宇俊は思わず声を発した。

「この漬物はいつもの味と違うな。酸味があるがうっすらと甘みがある」

「昔の味が懐かしくて私が作ったんですよ。去年の冬に作って置いておいたので、もうこれが最後です。少し酸味がきつくなっているかもしれません」

「揚おばさんの故郷はどこだったかな」

「ここからずっと北に行った雁門（がんもん）（山西省北部にある古代からの関）の近くの村ですよ。臨汾よりずっと寒くて、冬の間は野菜なんかありゃしない。こんなふうにして漬けておかなきゃ春まで何も食べられないんですよ」

「それじゃ秋に野菜をたくさん塩漬けするんだ」

「若だんな、私の小さいころ、村には塩なんてほとんどなかった。とても貴重で、遠くからなかなか運ばれてこないものだったんですよ。だから、村の人たちは塩なしで漬物を作るんです。若だんなが食べている漬物がそれです」

「えっ、塩がなくて漬物ができるのかい」

「それができるんです。一番よく使う野菜は白菜で、よく洗って、お湯に少し浸してから、きれいに洗った樽の中に重ねて重しをしておくんですよ。そうですね、冷たい場所に、ひと月からひと月半くらい置いておくと、白菜がだんだんと薄黄色になって、酸味と甘みが出てくるんです。塩を使うより時間がかかりますし、少し油断すると酸っぱくなってしまいますが、冷たい場所でちゃんと作るとうまい漬物ができます」

「そりゃ知らなかった」

「うちは白菜しか漬けなかったけれど、隣の家のおばあちゃんが蕪（かぶ）の葉を漬けるのが上手で、うちはよくいただいていましたよ。そのおばあちゃんは、秋に漬けた蕪の葉を少しだけ軒先に吊るして乾かしておくんです。次の年の秋にその乾いた葉を入れて漬物を作ると、やっぱり塩なしでうまい漬物ができるんです」

「まるで魔法のような葉っぱだな」

「そうですよ。おばあちゃんは、乾いたこの葉っぱにはちゃんと漬物を作る生き物が眠っているんだと話していました」

「それじゃ、揚おばさんの故郷では、塩なしでも生きることができるわけだ」

「とんでもない。塩はいりますよ。人は塩がないとだんだん元気がなくなって、病気がちになります。動物も塩がないとだめです。人はお金があれば塩を買えますが、動物は自分で塩を探さなきゃならない。雁門の近くでは牧場が多いんですが、特に牛は塩がないと大変」

「どう大変なんだい」

「塩がなくなると、牛は石や土を舐め始めます。それでも足りないと隣の牛の汗を舐めたり、おしっこを舐めたりします。そうなった牛をほっとくと、毛並みが悪くなったり、乳が出なくなったりします」

「そうか、牛を飼うにも塩がいるんだな」


「話は変わりますが、昔ある王様は隣の国を滅ぼして、そこの後宮の女を数十人自分の宮殿に連れ帰ったそうです」

「それでどうしたんだい」

「自分の後宮にも数十人の女がいたから、急に増えて毎晩相手をする女を決めるのが面倒くさくなったそうですよ。後宮の奥庭には女の部屋がずらっと並んでいて、王様は牛の車で通ったそうですが、ある時からその牛車が止まった部屋の女を相手に選んで、夜を過ごしたそうです」

「王様も大変だな」

「それを知った一人の女が、部屋の前に塩を盛って待っていたそうです。そうすると、やってきた牛は、塩を見て部屋の前でぴたりと止まった。女は牛のことを知っていたんでしょうね」

「その話は知らなかった」

「それから、うちの田舎では、山で鹿狩りをする時には、塩を使っておびき出すんです。道沿いに少しずつ塩を落としておくと、鹿はそれをたどって草原に出てくるんです。それを周りから一斉に矢で射る」

「揚おばさんは詳しいなあ。じゃあこの辺で皆が困っている狼をおびき出すにも塩は使えるわけだ」

「狼には使えません。狼は兎や鹿のような動物を食べるでしょう。動物の体には塩があるんです。だから狼には塩はいらない。でも牛や鹿は草を食べるでしょう。草は塩が大嫌いだから塩気がない。だから牛や鹿は塩を欲しがる」

「そうか、いいことを教えてもらった」

「塩がなくとも漬物はできますが、やっぱり塩はあったほうがいいですよ。料理がうまくできるし、漬物も早くできる。やっぱり少し塩気を取らないと人は元気が出ません。昔の人は言ったでしょう。春は酸味、夏は苦味、秋は辛味、そして冬は塩味って。でもね、若だんな様、塩の値は高いね。この家に来てからは、塩がなくて困ったことはありませんが、私の田舎じゃ、人から頼まれたら、金は貸しても塩は貸すな、と今でも言われているんですよ」

揚おばさんはずっと以前からこの家で料理を作っていたが、晋陽に行く前にはこのようにゆっくり話したことはなかった。考えてみれば自分がまだ子供だったから、話し相手にもなれなかったのだろう。それにしても多少は大人になったと思っても、揚おばさんの今の話は、自分がほとんど知らない内容だ。いったい自分は晋陽で何を学んできたのだろう。

食事を終えた杜宇俊は、再び二階に上がり自分の部屋に戻った。並んでいる書物に目を通すと、晋陽での日々が思い出される。あのころ学んだ先人の教えの中では、法家の思想が一番好きだった。

人の心はしょせん悪いものだ、とまでは思わないが、弱いものだと思う。目の前に誰のものかわからない金が落ちていれば、拾って自分のものにしたいと思ってしまう。憎い敵がいれば、ふと殺したいと思うかもしれない。しかし、その一歩の行動を踏み出させないためには、法と厳しい処罰が必要だ。法と処罰があるから人は自制できる。かつて秦が国土を統一できたのも、商鞅という男が法と刑罰に則った国づくりをしたからだ。科挙でも宋朝は法家の理論をもって国を治めるべきとの考えを基調に文を練り上げた。

　しかし、鄭文静と一緒に行ってみた榷場での商い、そして揚おばさんが話してくれた民の知恵は、自分が古の書物で学んだ知識の世界とは何か大きく違う。何が違うんだろう。そう、商鞅が世を治めようとした時代と、千年以上経った今の時代とでは、世の中の仕組みがまず違うのだ。商鞅は、男は畑で女は機織り機の前で働けと命じた。商業に従事する者と怠惰により貧しい者は奴隷にしたという。ごく限られた交易は国が独占すればいいので、民は米や麦を作り、機を織っていればいい。商鞅の思想の背景はそのような社会であった。

　一方、現在の宋朝の世では、皇帝が政の中心である点では同じでも、社会の活動を担っているのは商人だ。国土の南で産する米は、商人の手で大運河を使い都の開封に輸送され、北で産する麦や高粱は黄河を下って開封に運ばれる。蜀で作られた錦や越州の焼き物を全国に売りさばいているのも商人だ。

　ふと杜宇俊は住んでいる臨汾や、学んだ晋陽を含む河東路と呼ばれる地域の現状についても考えてみた。かねてよりこの土地は北の遊牧民族と、南の農耕民族が覇権を争う地であった。漢の劉邦は匈奴と戦い、白登山で冒頓単于に大敗した。隋の煬帝は突厥と戦い、雁門の砦で包囲され、ほうほうの体で逃げだした。それ以外にもこの地で起きた戦乱は枚挙に暇がない。その結果、田畑は荒れ、多くの農民は流民となり枯野を彷徨った。しかし、宋の時代となり、壇淵の盟で遼との和平ができて国土が安定して以降、商人の動きは目覚ましい。かつては少なかった南方からの米や茶の流通がまず大幅に増えた。地元で昔から細々と行っていた黒酢づくりは、今や近隣の各地に広がり、都の開封へ大量に輸送されている。杏花村の酒に注目し、舟運による交易の将来に賭けて仕事を伸ばしたのは父の慧眼だ。この地においても商人の地位はどんどん向上している。

農業や機織りに書いたものはさほど必要ないが、商売を行うには計算ができて、文字を知らねばならない。文字を知れば古の思想や知恵も入る。民はすべからく愚かであるから法と刑罰で対処すればよい、というほど単純な世界ではないのだ。むしろ、社会活動を広範に担っている商人をうまく使い、彼らにやる気を起こさせながら国を富ませる、それが今の世の政なのだろう。

窓から射す日は少し傾いてきたようだ。杜宇俊は下に降り、ぶらりと町に向かった。白い綿毛が空を舞う柳絮（りゅうじょ）の季節は終わり、初夏の臨汾は河沿いの柳の緑が美しい。大通りの汾路の傍らで男が五人立ち話をしている。そのうち二人は子供のころからの顔なじみだ。こちらから声をかける前に、先方から呼ばれた。

「おう、杜宇俊じゃないか。科挙の話は聞いたぞ。おまえのような頭のいい男を採らないなんて、天子様もばかだな。それでこれからどうするんだい」

「まだ決めていない。ところでこんなところで何を話しているんだ」

「それがな、こいつの友人が塩を密売した男のことを役人にこっそり告げて、褒美として男が持っていた塩を半分もらったという話さ」

「いっぱいもらったのかい」

「それがわずか十斤だとさ。そんなことで正義だかなんだかわからないものを振りかざす男は許せないと話していたところだ」

「そうか、その密売人は誰なんだい」

「ひとつ先の小路に住んでいる男さ。なんでも解池で塩を作っている親戚がこっそり持ってきた塩を、近所に安く売ったんだと。そのくらいいいじゃないか。塩が高くて買うのに困っている人が多い世だ」

「捕まった男は死刑か」

「まさか、こんなことで死刑にはならないだろう。鞭打ちくらいはされるかもしれんな」


男たちと別れ、家に帰る道を歩きながら杜宇俊は考えた。塩の密売の罪はもっと重いのではないか。たしか漢の世では問答無用で死刑だったはずだ。気になった杜宇俊は、家に着くと早速調べ始めた。

たしかに後漢の時代には塩を密売すれば極刑であった。しかし、唐朝から五代に時代が下ると、次第に刑が軽くなってきている。宋朝の世では、太祖の時代に十斤の取引で死刑だったのが、太宗の時代になると二百斤の取引でも死刑にはならず、鞭打ちと顔面への刺青で済んでいる。刑罰を重くすれば重くするほど抑止力が働くという考え方とは違う。生活必需品である塩の取引に、闇だからといって重い罪を科せば科すほど、政への反発と社会不安が増すという恐れからであろう。

もう一つ、塩の取引と刑罰について調べていてわかったことがあった。それは戦争との関連である。戦争は莫大な金を必要とする。その金を調達するためには民に多くの税を課せねばならない。従って、税を増やそうと思えば、その掟を破る者への刑罰を強めねばならない。宋朝の時代になって、塩の取引に関する刑罰が徐々に軽くなってきたということは、それだけ戦争の少ない社会になってきたということだろう。それでも、民が高いと言わざるを得ない塩の値段は、たしかに問題だな。だからさっき聞いたような話が起きるのだ。

机に向かって一心に調べものをしていたが、だんだん手元が暗くなってきた。立ち上がって窓辺に立つと、夕日が山の端にかかり、汾河の水面をきらきらと輝かせていた。

四、官僚三人衆

ひと月ほど前、杜宇俊が臨汾で悶々とした日々を過ごしていた時のことである。宋の都開封は春の盛りであった。朱雀門をくぐって汴河(べんが)の近くまで来て対岸を眺めると、前には薄い黄緑であった川沿いの柳の色はやや濃さを増し、鳥の長い尾のように春の風になびいている。汴河沿いの小道をそぞろ歩きする人の姿も多い。

小道をずっと下っていくと、五百石は超えていそうな大きな船が、二十人ほどの水夫の縄に引かれて上ってくる。水夫たちのかけ声が徐々に大きくなってきた。さらに下流に目をやると、汴河をまたぐ半円状の虹橋(こうきょう)が見え、その上は行き交う人と、橋上に店を構えて商売を営む人とでごった返している。目を凝らして店の看板を見ると、茶があり、女の櫛があり、絹の衣装があり、否が応でも橋を渡る人の気を引く。橋の北と南の道路には食事を出す店と酒を出す店が軒を並べている。陽光がさんさんと降り注いでいるため、さすがに酒の店は静かだが、夜ともなればさぞにぎやかであろう。一方、食事の店は今が盛りと呼び込みの声が飛び交う。

ここ開封では少し前までは、肉といえば豚肉と鶏肉が主であったが、今の流行は羊肉である。もともと羊肉は北方の民族が好んで食べたが、宋朝が国土を統一して南北の物資の輸送が容易になったことから、開封ではここ数年羊肉が人々の食卓に急速に普及した。値段は少し張るが、開封の上流家庭の婦人の間では、「孫羊正店や薛家の分茶店で羊料理を食べましたか」という言葉が挨拶がわりになっているという。もっとも男どもの間の挨拶言葉は、「孫羊正店の裏小路に行って、羊の白腸で一杯飲んだか」であった。

王朝の都と言えば、長安や洛陽をまず思い出す。長安は前漢、北周、隋、唐の都であり、洛陽は東周、後漢、三国時代の魏、西晋、北魏などが都とした。中でも唐の長安は当時世界第一の都市で、その造りは日本の平城京、平安京に大きな影響を与えた。碁盤の目と言われる規則正しい区画を持ち、百を超える坊と東市・西市から構成される。都市全体を大きな城壁で囲んだうえに各坊も白い城壁で囲み、昼間に表通りを歩いても見えるのは坊の白い壁だけで、道に面した店はない。さらに夜は坊の外へ出入りすることは禁止された。幅百五十メートルあったと言われる朱雀大路も夜は人っ子一人通らず、寒い冬には北風が木の葉を巻き上げていた。夜間の通行を禁じたのは治安維持のためであるが、唐の時代には突厥などの外敵の侵攻に備えてそれだけ緊張した日々を強いられていたことになる。都市の構えとしては、いわば軍事都市であった。

一方北宋の都の開封はどうであったか。まず坊がない。店は通りに面して並んでおり、いつでもすぐ入ることができる。夜間の通行禁止もなく、道には煌々と灯が灯されていた。茶店や食堂がいたるところにあり、夜中に腹が減ればいつでも熱い食にありつけた。商業都市といってよい。人々は自分の意思で仕事を選択し、営業を行い、移動する自由もあった。中国の歴史をどこか一カ所で切れば、それは唐（中世）と宋（近世）の間である、という学説があるくらい社会は大きく変わっていた。

太宗が最後に残った北漢を滅ぼし国土を統一してから半世紀過ぎたいま、都開封は平和そのものであった。開封は黄河と隋の煬帝が築いた大運河の交差する要地にあり、宋朝は国土の北と南を水運の太い線で結んだ。その結果、社会は急速に繁栄し、人々の暮らし向きも向上した。

杜宇俊が権場を訪れた翌年の明道元（一〇三二）年、朱雀門から指呼の距離にある宮殿で男が三人、額を寄せて議論を交わしていた。権三司使の李諮、翰林学士の盛度、それに侍読学士の王随である。三人の顔色は、街行く人ほど明るくない。なぜなら、この繁栄は北の遼の侵略が、金を支払うことで抑えられているのを知っているからである。現在の状態はいわば危うい均衡で、一歩間違えばこんな平和など一挙にかき消されてしまう。景徳元（一〇〇四）年、澶淵の盟と呼ばれる約束を交わして以来、宋は毎年遼に絹二十万匹、銀十万両を支払っている。これを安いと見るか高いと見るかは、意見が分かれるところであるが、いずれにせよたいそうな金である。さらに現在が平和であっても、万が一の遼の侵攻に備えて、北辺に軍事体制を常に敷いておかねばならない。この金もばかにならない。そんな状態の中に新たな消息が入ってきたのだ。それは西夏だ。

　発端は前月、延州からもたらされた知らせで、西夏の李徳明が逝去し、息子の李元昊(りげんこう)が即位したという。

　宋朝においては、仁宗も先代の真宗も李徳明については信頼感を持っていた。何よりも李徳明は儒教をはじめとする中原の伝統的な文化を尊び、宋朝に歯向かうような態度は見せてこなかった。李徳明から漢訳仏典を送ってほしいとの依頼が数度あったが、真宗も仁宗もその都度誠意をもって対応した。

　しかし、李元昊については十分な情報がない。漏れ伝わるところによると、彼は軍事に優れ、回鶻(かいこつ)（ウイグル）族の支配する河西回廊(かせいかいろう)の甘州(かんしゅう)を攻め落とし、その功績から、李徳明が天聖(てんせい)六（一〇二八）年正式に太子としたという。もし、西夏に備える軍事費も必要となれば財政は逼迫するし、さらに戦火を交えるとなれば並大抵な額ではすまないであろう。その時になって、一朝一夕で巨額な金を吸い上げる仕組みを作りだせるわけではない。遼と西夏の情勢を分析しつつ、それなりの準備が必要となる。集まった三人は宋朝のいわば財政責任者たちである。

この三名は二年前に塩の専売法に関する大きな改革を行っていた。煎じ詰めれば、それ以前は塩の生産、輸送、販売をすべて国の手によって行っていたものを、北方の八州に限り輸送と販売の権利を民間の商人に委ねるという内容である。

国がすべてを行うには、輸送などの重い労働を民に強制せねばならず、その結果政府に対する不穏な空気が社会に蔓延しつつあった。商人に輸送と販売を委ねた場合、その弊害は避けられる。さらに宋朝に対して巧妙に利をもたらす仕組みも考えだされた。

宋朝の最大の政治課題は、大量の軍を北方に常時配置して、戦時に備えることだった。とはいえ、中原の地から軍需品や兵の食糧、馬の飼葉（かいば）をはるばる輸送するのは容易ではない。民に強制すれば、不満が募る。そこで宋朝は塩を取引したい商人に目をつけた。宋朝が商人に塩の専売を委託するかわりに、商人には北方の軍の所在地に兵の食糧や馬の飼葉を輸送させる。間違いなくそれらを納めた段階で、現地で交引（こういん）という証明書を与える。商人はその交引を都の開封に持っていき、宋朝より現金を受け取ることができたが、希望すれば交引を持って、塩を生産する解池に行って塩を受け取ることもできるようにしたのだ。塩を受け取り販売する利幅のほうが大きいため、多くの商人は塩との交換を選んだ。こうすることによって、宋朝にとっては軍の補給が確保され、調達経費を削減することで国庫が潤う。社会の不満も収まる。通商法と呼ばれるこの方式はうまく機能するかに見えた。

ところが実施してみると、国庫は三年前、二年前に比べてさほど豊かになっていない。どうやらこの手法の利は巧妙に商人に流れているらしい。さらに商人は儲かることしか興味がないから、辺鄙な地方での販売にあまり熱意を示さない。結果として、一部の地域で塩不足というそれまで経験していなかった社会不安が起きている。

また、国庫が豊かになっていない理由のもう一つに、西夏から闇で流れてくる青塩があることは三人の共有認識であった。ただ、実態がどうもつかめない。翰林学士の盛度は、宋と西夏との境の現状を調べさせた薛利興が、昨年末この場で三人に行った報告を思い出した。日に焼けた顔を輝かせながら、薛利興は現地の様子を語った。

「ただいま帰りました」

「ご苦労であった。保安軍の権場の様子はどうであったか」

「平穏に取引を行っております。交易の量も増えておりますので、宋朝の財政にもかなりの潤いをもたらしていることと思います。同じく、西夏にとっても権場のあがりは貴重なものでしょう。結果として、西夏との関係を安定させる作用を果たしております」

「権場では青白塩の取引はないであろうな」

「ございません。子供が自分で舐める塩を袖に少量持っており、それに役人が難癖つけておりました。その程度です」

「延州への兵糧や軍需物資の輸送を塩商人に任せているわけだが、延州では十分補給されているのか」

「交引が欲しいのでございましょう。商人は延州の軍が必要とする食糧などを、黄河から延河を舟でさかのぼり輸送しております。ただ、馬の飼葉がなかなか手に入らないとか申して、多少値を釣り上げていると軍司令官は語っておりました」

「ところで青白塩の走私の様子はどうか」

「それがなかなか実態を捉えられません。青白塩を産する烏池の地は山が複雑に入り組み、川が鋭く大地を切り裂いております。従って、せいぜい驢馬の背に塩嚢（えんのう）を載せて運ぶくらいの量しか動かせません。それも宋の地に入れば昼間は目立つので、西夏の民が夜の暗闇の中、塩嚢を肩に担いで延州の近くの里で交易しているようです。個々には、さほどの量ではありませんが、相当数の西夏の民が走私に携わっているようで、延州の付近の町ではかなりの家が青白塩を使っているようです」

「取り締まりをもっと厳しくできないのか」

「問題は宋の民の意識でございます。唐の時代には烏池は唐朝の土地でありましたから、青白塩は唐の領地で正規に流通しておりました。宋の時代になっても、民はその味を覚えていて、価格も安いことから、密売をする西夏の民をむしろかばっていると思われます。なかなか実態が捉えられないのは、小さな取引が広範に行われているからでございます」

「宋の塩の密売人は西夏の地に入っておらぬのか」

「若干はいるようですが、取り締まりを厳しくしておりますので、今のところ大規模な取引はないと思います」

「そうか。これ以上の西夏からの持ち込みを防ぐのは難しいか」

「宋の密売人が西夏に入り込まぬよう監視を強めるのが必要でしょう。彼らが本格的に参入してくると、かなり大きな影響が出てくると存じます」

　薛利興の報告で現地の様子はだいたい理解できた。青白塩が、西夏から宋の地に薄い膜を通して沁みだしている感はあるが、それ以外はなんとかうまくいっているようである。問題は、これから西夏との関係をこじらせず、軍事費の増大を防ぐことだ。

薛利興の報告を受けた翰林学士の盛度はそう理解した。

五、汾河の船着場

杜宇俊の住む臨汾は、汾河に面して集落が広がり、汾河とともに栄えてきた町である。遠くは古代の聖王、尭が治めた都との言い伝えもあり、隋の開皇三（五八三）年この地は臨汾郡と名付けられた。唐の時代武徳元（六一八）年に、より広い地域を晋州という名で括られたが、土地の者は臨汾という名により親近感を覚えていた。汾河は現在の山西省北部の落葉松の森に源を発し、ほぼ北から南に山西省を縦断する長さ約七百キロある黄河の支流である。流域で産する穀物、木材などを舟で運送するのが杜宇俊の父親杜康仁の仕事であった。舟は十艘あり、百人を超える男たちを抱えている。最近は杏花村で産する酒の運送が増えているらしい。

杜宇俊は、時々西夏の少年が持っていた塩のことを思い出す。うまい塩だった。あの塩を商売にできないか。とはいえ、塩が宋朝の専売品であることは百も承知である。それを犯せば罪となる。しかし一斤十文足らずで確実に仕入れることができれば、数倍の利益は間違いない。こうして部屋で一人考えていても仕方がない。杜宇俊は汾河の河岸にある杜家の船着場に足を進めた。杜宇俊は汾河に向かって下る道を歩きながら、船着場のどこかに劉仲平が見えないか探した。仲平は父が雇っている男たちの中では古参の一人で、杜宇俊が小さいころ、暇があれば遊んでくれた。六尺近い大男だが、心根は優しい。船着場で停留している舟の一艘から聞き覚えのある仲平の大きな声が聞こえた。

「舳先が岩に触れて傷んだところを直せと昨日言っただろう。早くせんか」

どうやら新米の男に舟の補修をさせているらしい。

「仲平、元気そうだな。ちょっといいかい」

杜宇俊は声を掛けた。

「若だんな、珍しいね、船着場まで足を運ぶのは。何か用ですかい」

「いや、用といったものではないんだが、ちょっと聞きたいことがあるんだ」

「ちょうど、一息つくところなんで、岸の茶店に行きやしょう」

帆を大きく広げて汾河を下る舟を見下ろしながら、二人は茶店の縁台に腰をかけた。

ここの饅頭はうまい。川から吹き上げる風が心地よい。

「若だんなはもう学問はやめたと聞きやしたが、本当ですかい」

「ああ、本当だ。もう孔子様も孟子様も終わりだ」

「それじゃ、だんなの跡を継ぐわけで……」

「いや、そうとも決めておらん。それでおまえに聞きたいんだが」

「へい、なんですかい」

杜宇俊は、仲平の口の堅いことを知っていたので、榷場で出会った青白塩のことを話した。

西夏の民が走私で運ぶ量はわずかで、もう少し大がかりに取り組めば、相当の商いになるだろうということも。

「それじゃ、なんですかい。うちの舟を使って青白塩を運べないかってことですかい」

「そうだ、でも俺は汾河の舟運について少しは知っているが、ほかの川で舟運がどうなっているか知らん。それと勝手にどこかの塩を運ぶことは知ってのとおりご法度だ。だが、おまえならそのへんのことをもう少し詳しく知っていると思ってな」

仲平は少し口を開け、何か考えるように空を見上げてから話し始めた。

「若だんなもご存じのとおり、宋朝が開かれて以来、都は開封で、舟の商売での儲け頭は今、江南の米や物資を都に運ぶ連中ですわ。そっちに商売を伸ばしたほうがいいんじゃないですかい」

「いや、それは皆が考えていることだ。俺は人と同じことをするのが好きではない」

「そうですか。うちは解池(かいち)の塩を運ぶ許可証は持っていますが、親父さんはあまり儲けがないと言って最近扱ってませんぜ。ただ、許可証があることはあるんで、お上の塩なら運べますなあ」

「青白塩はどうだね」

「烏池がどこにあるか詳しくは知りませんが、若だんなのお話から察するに北洛河の上流でしょうな。北洛河はうちの商売の範囲ではありませんが、あの川で商売してい
る者を知ってますから、話をつければあそこにうちの舟を持ってくこともできますな」

「それじゃ、やれるってことか」

「そう簡単じゃありませんぜ。若だんなは転搬法ってご存じですかい」

「なんだ、それは」

「舟で飯を食っている家の若だんなが知らなきゃ困りますよ。以前は一艘の同じ舟で小さい川、大きい川を行き来していたんですが、それじゃ少し狭い水路に入ると動きが取れず、少し大きな川に入ると流れが急で安定しない。運搬中の米やら木材を川に落としちまうことが多いんで、お上は大きい川には大きい舟、小さい川には小さい舟で運送することにしたんでさ」

「うん、それがどうした」

「そうすると、どこかで船荷を積み替えねばなりませんな。その積み替え場所が、荷物の検査場になっているんでさ。だから何を運んでいるか皆わかっちゃうわけです」

「お上の運送はわかったが、俺たちも皆と同じように大きさの違った舟を使って、荷の積み替えをしなくちゃいけないのかい」

「そこがまあはっきりしねえところなんですが、積み替えると破損しやすいものを運んでいるとかなんとか理屈をつけて、役人に多少つかませれば通過できると聞いてはいますがね」

「解池の塩を解塩と呼ぶそうだが、解塩を運ぶ免許を持っているなら、解塩を運びながら、青白塩を運ぶこともできなくはないな」

「若だんな、塩を運ぶ時は、積み込んだ塩の重さを書いたものがいちいちいるんですわ。それ以上の塩を運んでいたら舟ごとお上に取り上げられます。これも役人に金をつかませなければできませんな」

「そうか、そう簡単でもないな。ところでおまえは青白塩を知ってるかい」

「うちらの間じゃ知られています。親父さんが運んでいた解池の塩よりうまいのも知ってますぜ」

「じゃ、商売したら儲かるだろうということもわかるな」

「若だんな、だから若だんなはまだ若いって言われるんだ。いいですかい、塩の専売の掟を破るのは罪です。それも塩は宋朝の懐の金を生むもとだ。だからこの掟を破らせないため、掟を破る者を密告するよう民に促しているんですわ。わしたち舟でものを運ぶ連中は皆貧しい。金がない。だから小銭をちらつかされれば、知っていることを皆もらしてしまう。これじゃ、若だんなは仕事を始めてすぐ捕まっちまいますぜ。だからまず、契りを結んで絶対抜けられない男たちの、なんというか固い塊を作らにゃならない。もし、掟を破ることがあれば、見せしめに焼いた金棒をそいつの額にジューッと押し付けるような仕置きを皆の前でしなくちゃいけねえ。捕まったやつが出れば、その女房や子供の世話もしなきゃなんねえ。若だんなはそんなことできますかね。まあ、ちょっと頭を冷やしてから考えたほうがいいんじゃないですかい」

傍らに置いてあった茶を、仲平は一気に飲み干した。

「おっと、だいぶしゃべりすぎましたな。そろそろ舟の修理に戻らにゃいかん。今の話は聞いてないことにしますから」

仲平は、にやっと笑って杜宇俊のもとを去った。

論語や大学には君子が民を治めるべき心構えは書いてあるが、社会からはみ出した人間の生き延びる知恵は書かれていない。杜宇俊は自分の若さと知識の偏りを思い知らされたが、反面何か清々しい気持ちになった。

俺はたしかに政を統べる世界には入ることができなかった。しかし、そのほかの世界の広さが、権場に行ったことと仲平の話で多少なりともわかった。いいではないか、もう少し塩のことを調べてみよう。茶店をあとにした杜宇俊は、汾河の船着場を背に坂道を登り始めた。

六、解池の塩作り

三月後、杜宇俊は仲平と数人の水夫を連れ、汾河を下る小舟の上にいた。行き先は解池である。塩の密売などおやめなさいと諭した仲平も、杜宇俊が塩の取引をたいそう熱心に調べ始めたので、解池行きに付き合うこととなった。

「解池はなかなか大きい塩水の湖で、ずいぶん前、わしが最初に行った時は、湖があまりに大きいのと、塩の白さで目が痛くなったのでびっくりしたもんでさあ」

仲平が川面を渡る秋風を頰に受けながら話し始めた。

「あんなところに突然大きな塩の湖があるなんて、天の神様も面白いことをなさるもんだ」

「ところで、汾河を下って黄河に出て、さらに下って、それから解池へは川を上るのかい」

杜宇俊は尋ねた。

「舟はもう五十里も下ると黄河に出ます。それからまた四十里ほど下ると解池につながる運河があります。隋のころ、姚暹（ヤオシエン）という偉いお役人さんがいましてね。その方が苦労して開削してくれた運河ですわ。今でも皆、姚暹渠(ヤオシエンチー)と言ってまさあ。少し流れをさかのぼりますが、解池の塩を運ぶために造った運河ですんで、船を進めるのはそんなに難しくありませんぜ。まあ、若だんなは周りの景色でもゆっくり眺めていてくだせえ」

汾河沿いのこの地域は、九月になると秋の風情が一挙に深まる。山の上のほうから始まった紅葉は瞬く間に平地に降り、汾河の岸を黄色に染める。船着場の集落には、大きな筵(むしろ)に棗(なつめ)が所狭しと並べられ、陽光がその実を赤く染め上げている。雨はほとんど降らない。山の麓には畑で背の高い高粱が薄橙に色づき収穫を待っている。先の船着場で買った大きな柘榴(ざくろ)を頬張り、種を川面に飛ばしながら杜宇俊は考えた。

三月前、仲平の話を聞いた杜宇俊が塩の取引について調べ始めた時、真っ先に学んだことが解池で産する塩の重要性であった。孔子も孟子も教えてくれなかったが、わが国の歴史の根底は、解池の塩の覇権をめぐった戦いではないか、杜宇俊はそう理解した。

それは解池の地理的な位置による。そもそも広大な中国の大地で内陸は海から遠く、海水からの塩を得ることが難しい。解池は、中原の黄河の水利に浴する内地で、ほぼ唯一の塩の産地である。現在の四川(しせん)省である蜀(しょく)の地でも、古くから地下の塩水を汲み上げて塩が作られてきたが、中原からは遠い。また現在の内モンゴル自治区、新疆ウイグル自治区にも塩湖はあるが、中原からはさらに遠い。

古代の歴代王朝は、塩の確保を大きな理由として解池の近くに都を置いたのではないか。古代の殷と周の争いも、塩が大きくからんでいたのであろう。さらに、戦国時代の秦をめぐる戦略も解池が関係していたと思える。当時解池一帯を支配していたのは魏であるが、魏が秦の度重なる攻撃を受けると、魏と戦っていた諸国は、今度は解池が秦の支配下になるのを防ぐために、魏と連携を結ぶようになったのではないか。いわゆる合従連衡という策も、背景に塩という駒を入れるとぴったりと理解できる。戦国の世は逸話が多い。孟嘗君の鶏鳴狗盗の話や、秦の王に玉璧を奪われまいと画策し、無事に趙に持ち帰ったという「完璧」の話、皆面白く読んだが、話の裏側には塩をめぐる冷徹な戦略が潜んでいたのであろう。

北から流れてきた黄河は、山西省の南端でほぼ直角に左折して東に向かい、中原の大地に流れて下っていく。山西省の南端の地は現在風陵渡と呼ばれ、黄河をまたぐ橋を通じて山西省と河南省および陝西省を結ぶ重要な交通拠点となっているが、解池は風陵渡から北東に約九十キロ入った地点にある。従って、かつて都が置かれた長安、洛陽にも近く、現在の都である開封も黄河を下れば遠くない。

杜宇俊を乗せた小舟は、汾河を下り黄河との合流点に差しかかった。杜宇俊は臨汾付近の汾河を舟で行き来したことはあるが、黄河に舟で入るのは初めてである。秋で水量はだいぶ落ちているものの、その悠々たる流れは杜宇俊の心をとらえた。水面が汾河のように平らではなく、ところどころ盛り上がっている。

「若だんな、間違っても落ちないでくださいよ。流れは渦を巻いているんだ。落ちたら底に向かって引きずり込まれますからな。まず助からねえ」

仲平が杜宇俊の肩越しに声をかける。

水の色も違う。汾河も薄茶色に濁っているが、黄河の水はもっと茶色が濃い。少し上流の壺口（フーコウ）の滝で激しくかき回されて流れてくるので、水中の黄土が沈殿する間もなく流れてくるのであろう。春の増水期になったら流れの激しさはいかばかりか。杜宇俊は寝転び、舟の揺れを背に受けながら、青い空を眺めた。

舟は二日後に解池に着いた。池というが、東の安邑（あんゆう）県と西の解（かい）県の二つに分かれた湖で、東西三十キロ、南北四キロと横長な形をしている。人々は両池とも呼んだ。

「広い」

杜宇俊は思わず呟いた。驚いたのは広さだけではない。なんと、この広い湖の周囲を高い塀で覆っている。

「そうか。そうだろうな。ここに来れば高い値で売れる塩があるとなれば、誰でも入りたくなるからな。それにしても、こんなに広い池をよく塀で囲んだものだ」

「唐の時代には生け垣だったそうですが、夜中にこっそり入る者があとを絶たず、最近になって塀にしたそうですよ」

仲平が付け足した。

細長い池の中央に南北に架かった橋があり、対岸に一際高い廟が見える。

「池神廟というんでさ。字のとおり池の神様を祀っているところで、あの近くに役所がありやすから、行きやしょう」

仲平に促され、杜宇俊は橋を渡って池神廟の近くまでたどり着いた。

その時、

「仲平じゃねえか」

近くの茶屋から男の太い声が聞こえた。

「おお、辰文さんか」

「仲平、ずいぶん久しぶりだな。二、三年前まではちょくちょく来ていたのに、ここのところまったく顔を見せねえ。くたばっているんじゃねえかと噂してたところよ」

「うちの親父さんが最近塩を扱わねえもんで、それでとんとご無沙汰してたわけよ」

「へえそうかい。ところでそこの若いお方は」

「杜宇俊と申します」

「杜さんというと、仲平のところの親父さんの息子か。仲平が偉い役人になるところで話していたが、もうやめたのかい」

「はい、科挙に落ちてあっさり諦めました」

「あははは、そうかい。役人なんかなるもんじゃない。それで今度親父さんの仕事を継ぐのかい」

「まだ決めてはおりませんが、一度塩の勉強をしてからと思い、仲平に連れてきてもらいました」

「そうかい。おまえの親父さんが最近来ないから、汾河方面の塩の商いは、蒲州（ほしゅう）の沈（ちん）さんがやっているそうだぜ」

「そうですか。それはそうと塩の商人が塩のことを知らずしては商売ができません。ここで塩をどうやって作っているか、教えていただけますか」

「ふーん、そのあたりが科挙を受けた方のご発想だな。いいとも、教えてやる。仲平さんと一緒に来な」

辰文は二人を連れて、役人に一言二言断り、解池の畔に近づいた。

「今は秋の初めだ。解池の作業ももうすぐ終わる。だからご覧のとおり、今はできあがって積まれている固い塩を砕いて、袋に入れ、牛に引かせて貯蔵庫まで運んでいる。この作業が終わると、しばらく休みとなり、次の年の仕事は冬の一番寒い時から始まる」

「冬から始まるのですか」

「そうだ。仕事の初めは毎年二月一日だ。まず池の深いところの水を汲み出す。手作業だけでは無理だから滑車を使う。この水を俺たちは種塩という」

「なぜ、深いところから汲み出すのですか。浅いところは濁っているからですか」

「それもあるが、一番の理由は温度だ。深いところは浅いところより少し温かい。その水を解池のそばの畔で区切った浅い一番池に入れる。そして寒さで水の温度がある段階まで下がると、水の中の土硝が小さな塊となって底に沈殿する。この塊は薬にも使えるものだが、塩と混ざると苦い。だからまずこいつを分ける。そして上澄みの水を二番池に入れる」

「温度によって、塩でないものを分けていくわけですか」

「さすがに頭がいいね。そのとおりだ。だがな、塩だけにすればいいというものじゃねえ。そしたらしょっぱいだけだ。塩にはちょっとした甘みや苦みもいる。それがうまさのもとだ。だから塩以外のものも少しは残して塩を作らなきゃなんねえ」

「なるほど」

「二番目の池に入れた水を春先まで置いておく。温度が少し上がると、水の中で今度は白い真綿のようなものができてくる。俺たちはボケてきた、と言って、この状態になった水を陽水と呼ぶ。だがこの真綿のようなものも苦い。取り除かなければ塩にならねえ。竹で編んだ笊（ざる）を使って分けながら陽水を三番池に入れる。この池には細工がしてあって、底にあるものを入れておく。そうすると真綿の中の苦みをほとんど消してくれる」

「何を入れておくのですか」

「それは、おまえさんにも教えられねえ。うちらの秘密だ」

「わかりました。それが終わると塩になるのですか」

「そうだ。南の風が強くなると、一挙に蒸発が早まる。そうするとな、おれたちは〝漂花（ピャオファ）〟というんだが、白い花びらが風にそよぐ様にも似た白い塩の粒々が姿を現してくる。最後に固まりかけた陽水を均一な濃度にして形のいい塩を作る。最後の作業は腕の見せどころだ」

「なるほど、ずいぶん手がかかるものなのですね」

「そうよ、それに思わぬ大雨で解池に泥水が入ったり、長雨で蒸発が進まない時もあったりしてな、なかなか一筋縄ではいかない作業よ」

「大変なお仕事なのがよくわかりました。ところでこの塩を一口舐めさせてもらえませんか」

「いいよ、そこでできあがったものを舐めてみな」


杜宇俊はしゃがんで塩の結晶を手に取った。そして一つを舌に載せて、口の中で溶かしてみた。舌全体にしょっぱさと軽い苦みが広がる。たしかにいい塩だ。だけど、保安軍で西夏の徹元からもらった塩とは何かが違う。

「なんだろう」

ひとり呟いた。

「どうだい、いい塩だろう」

辰文が後ろから声をかけた。

「ええ、いい味ですね」

答えつつも、杜宇俊は舌の記憶をたどった。

「甘さかもしれない」

頭の中で呟いた。

辰文にはお礼を言い、杜宇俊は仲平と帰路についた。

「で、作業をしている人は土地の人かい」

「そうですぜ、畦夫というんでさ。塩作りを命じられて、その量をきちんと納めていれば、お上への税は払わなくともいいそうだが、結構きつい仕事だそうで」

「そうか。ところで親父は前にはこの解池の塩を運んでいたというが、なんでやめたんだい」

「それがですね、若だんな、いろいろ問題がありましてね」


仲平が話してくれた問題というのは次のようなことであった。塩は宋朝の専売品である。宋朝は塩の生産から輸送、販売を当初自前で行っていた。生産は地元の人間に税を免除することを交換条件にその労働を課しており、この点についてはさほど問題はなかった。物議を醸しだしたのは輸送である。塩を大量に輸送するとなると荷は重く、水路で舟を使うにせよ、陸路で牛や驢馬を使うにせよ、相応の人手が必要となる。農民や商人は繁忙期にもかかわらず駆りだされた。その結果、商売や農産物の実入りが少なくなるのを補うため、彼らは輸送中の塩に目を付けた。監視が行き届かない時を見計らって、こっそり袋から塩を抜き取り、重さを合わせるため、砂や乾いた土を紛れ込ませた。輸送を受け持つ役人は、自分の手落ちにしたくないから、それを隠して納める。売るほうの役人は、そんな粗悪な塩を民に強制的に買わせる。買うほうもそれ以外に塩を入手できなければ仕方なく買う。

「だんなはお上に命じられて舟を出し、そんな塩を運ぶことで銭をもらう仕事に嫌気がさしたようですよ。もっとも数年前から法が変わって、商人が自分で塩を運んだり売ったりできるようになったそうですが、だんなはもう塩はやんねえ、と言っていました」

たしかに輸送を商人が行えるのであれば、人を雇って金を払えばいいのだから、強制的に塩を運ばせるような問題は起きないはずだ。ただ、親父は最近酒の輸送のほうが面白いと言っているので、それで塩にあまり興味を示さないのだろう。たしかに解池の塩を運ぶ商売はできることはできる。でもそれは宋朝の手先となって民に高い塩を買わせるだけの仕事かもしれない。商売をやる以上儲けなければつまらない。しかし、民の恨みを常に受けるような仕事はどこか心の奥に引っかかるものがある。

解池の塩を扱いながら、うまく青白塩も売れれば面白いかもしれない。仲平の話を聞きながら、杜宇俊は漠とした仕事の輪郭を頭に描いた。

七、西夏の王 李元昊

西夏の都である興慶府（こうけいふ）の宮殿では、新しく西夏の王となった李元昊が矢継ぎ早に命令を下していた。

まずは改元である。西夏はそれまで宋朝の年号を使用しており、李元昊が即位した年は宋朝の明道元（一〇三二）年にあたる。李元昊は明道の〝明〟が亡くなった父親の徳明の名の一部であり、それを忌むとの理由で、顕道（けんどう）元年に変更した。古来中国において、暦というものは天子が定め、民に下すものとされている。先王の李徳明は宋朝から冊封（さくほう）を受けている。それに対し、勝手に別の年号を名乗るということは、もっともらしい理由をつけてはいるものの、それ自体が宋朝に対する挑発であり、敵対行為である。

引き続いて翌年、李元昊は禿髪令（とくはつれい）を発した。中国の北方民族は、民族によって多少の差異はあるが、皆男子の頭髪の一部を剃る習慣を持っている。その中で、頭の側面の髪を残し、頭頂部分を全部剃るのが、西夏の民である党項（タングート）族の習性であった。しかし、漢族との交流が多い西夏の土地の一部では、漢族と同じ髪形をする者も多く、党項族全体の統一がとれた状態にはなっていない。これに対し、李元昊が発した命令は、

「三日以内に頭頂の髪を切れ、さもなければ死罪に処す」

というものであった。西夏の民は急な命令に驚きつつも多くは従ったが、一部従わない者もいた。三日後、李元昊は違反者に対し冷酷に刑を執行した。

「いくらなんでも死罪とはひどすぎるのではないか」

「気性が激しいお方とは聞いていたが、これほどとは」

西夏の民は驚き、恐れ、新しい王の李元昊がこれから何をしてくるのか、固唾を呑んで見守った。


李元昊が王になる以前の西夏には、二つの大きな文化の流れがあった。一つは〝漢礼(かんれい)〟で、いわば中原の漢民族の文化である。漢字を意思伝達や記録の手段にして、儒教を社会道徳の基盤に据え、絹や玉を愛でて、農耕を基盤とした経済体制を整えるというもの。

これに対し、もう一つは〝蕃礼(ばんれい)〟で、北方遊牧民族の文化である。独自の文字や書物による道徳規範はないものの、集団の秩序、人の死、男女の愛などについては親から子に連綿と伝わる決まりがあり、狩猟を糧とし、頭髪・服装についても中原とは異

なるしきたりがある。

李徳明の治世は、〝蕃礼〟を徐々に〝漢礼〟に変える流れであった。李徳明自ら宮殿の中で孔子を祀り、中原からもたらされる絹や錦を珍重した。そのため、李徳明は宋との関係も政治的には波風をあまり立てず、その政策は西夏の民に平和をもたらした。

李徳明の子である李元昊は、〝漢礼〟になびく父の姿を快く思っていなかったが、直接政治には口を挟まず、もっぱら西方の回鶻との戦いに明け暮れ、西夏の領土の拡大に努めた。しかし、西夏の王の位を継ぐと、李元昊は一挙に〝蕃礼〟に国政の舵を切った。

矢継ぎ早の改革が続く中、李元昊は西夏の都を西平府からやや北に位置する興州(こうしゅう)に移し、興慶府と名付けた。現在の寧夏回族(ねいかかいぞく)自治区銀川(ぎんせん)市である。ただ、二字の地名になじんだ人々は興慶と呼んだ。大がかりな土木工事を行い、壮大な宮殿や寺院が建設された。興慶は東に黄河、西に賀蘭山(がらんさん)の山脈という天然の防壁を有するとはいえ、北と南は平原で防御にはやや難点がある。しかし、それにも増して広大な平原は西夏の民を十分に養う耕地としてふさわしく、国としての基盤はこれにより安定した。

さらに李元昊が力を注いだのは、西夏の軍の強化である。李元昊は二十四歳の時、甘州（現在の甘粛省張掖）を回鶻族から奪い、その軍事的な才能により父親の李徳明から太子としての地位を与えられた。甘州は河西回廊の主要な町であるが、涼州（甘粛省武威）、沙州（甘粛省敦煌）、粛州（甘粛省酒泉）などの町は、当時まだ回鶻族の手にあった。李元昊はさらに景祐三（一〇三六）年夏、これらの町を攻撃し、回鶻族を西に追いやった。これにより、西夏は「東は黄河に尽き、西は玉門関に境をなし、南は簫関に接し、北には大砂漠が控える」と詠われる広大な版図を持つこととなった。

これだけ広い版図を保つには、より強固な軍事体制を作らねばならない。李元昊はまず国土に軍司と名付けた十二の軍事基地を設置した。その多くは宋と遼との国境に近く、国の東側と南側に位置したが、はるか北西部の居延海の畔には黒水鎮燕軍司、西の端の瓜州には西平軍司を設け、北や西からの敵の攻撃に備えた。この体制を維持するためには、兵の数を増やし、大規模に組織化することが必要となり、徴兵制が実施された。男子は十五歳になるとすべて兵士として登録されることとなった。村の大小によって徴兵される兵士の数が決定されるが、兵役年齢に達した男子二人のうち一人が正規の兵として徴兵された。さらに四人のうち二人が〝抄〟という軍の最小単位で兵站の任務につき、兵器や食糧の輸送を担うこととされた。従って、村にいる四人の男子のうち三人は兵役に駆りだされる。これは村に残った女、子供、老人にとってはきわめて過酷な措置であった。

父親の李徳明は宋と遼の双方から夏国王として冊封を受けていた。それは西夏が宋と遼の両国の臣下であることを明らかにしたうえで、国内の自治を認めてもらうという関係であり、同時に各々との間で戦争を起こさないという暗黙の了解でもあった。

李元昊は即位後まだ両国から冊封を受けていないが、李徳明が国王として両国から認められたのは、即位後数年経ってからであったから、そのうち李元昊も冊封を受けるだろう、西夏の民はそう理解していた。

国土が広くなり、自国の防衛のための軍が必要であることは西夏の民も理解していたが、隣国の宋と遼との関係が良好に保たれている中で、なぜこれほどまで軍を強化しなければならないのか、西夏の民は訝った。また今までは兵役に就いても、さほど遠くない地での配備であったが、新しくできた居延海畔の黒水鎮燕軍司や瓜州の西平軍司へ夫を送り出す妻たちは、地の果てへの離別であるような悲しみを抱いた。人々はこれからどうなるか、いろいろ噂を交わしたが、とにかく命令には従わなくてはならない。

涼州、沙州、粛州を回鶻族から奪い取って興慶に戻った年、李元昊は大臣の野利仁栄を呼んだ。野利仁栄の出自は西夏の部族の中でも主要な野利部で、彼は李元昊が頼りにする補佐役である。

「頼みたいことがある。わが国の文字を作って欲しいのだ」

「文字、でございますか」

「そうだ。西夏の文字だ。知ってのとおり、隣国の遼も自分たちで作った文字を持っている。国として体を成すには、独自の文字が必要だ。漢字を使う限り、わが国は知らず知らずのうちに中原の文化に侵されてしまう。水と草を求めて広く移動する西夏の各部族を一つにまとめるには、核となるものが必要なのだ。それが文字だ」

「そうは言え、漢字のように意味を表す字を独自に作ろうとすれば、数千語、あるいはそれ以上必要でしょう。膨大な時間がかかります」

「どのくらいの日時がいると思うか」

「そうでございますな、四、五年は必要ではないかと」

「そのような悠長なことは言っていられない。三年で作れ」

かくして国を挙げての文字作りが始まった。

新しくできた興慶の宮殿で、李元昊は窓から蓮の浮かぶ庭の池を見ていた。薄紅色の花が水面に顔を出し、蝶が飛び交う。柔らかい日差しも降り注いでいるが、李元昊は頭の芯にこびりついたような鈍痛を味わっていた。昨年のあの事件以来、頭に湧き出てくる不快な鈍痛である。

「あいつめ」

何度も同じことを呟いた。あいつとは、衛慕族の山喜である。

西夏を構成する党項族は、もとをただせば遊牧を業とする小さな集団の寄せ集めである。地域的に拡散し、時には内部で利害も衝突する党項族を、宋に対抗するため一つにまとめ上げてきたのが、先々代の李継遷であり先代の李徳明であったが、それでも個々の小部族の独立性は保たれていた。

李徳明が党項族の中の力関係を十分に考慮し、有力な衛慕族から後宮に女をもらい、その間に生まれたのが李元昊であった。さらに李元昊を皇太子に立てた時、生母として女を妃に上げた。妃を出した一族として衛慕族は宮廷で権力を強めてきたが、それでも李徳明が存命のうちはまだ目立ったことは行わなかった。

李徳明が亡くなり、李元昊が位を継いだあと、彼は母を皇太后に立てて、自分も衛慕族から妃をもらい、衛慕族との関係を維持しようとした。しかし、衛慕族は皇太后と妃を出した一族としての地位を利用し、国政の権力の把握を狙い、李元昊に反発する勢力を結集しだしたのである。景祐元（一〇三四）年十月、衛慕族の山喜が李元昊の暗殺を企てた。密告者によって李元昊は事前に察知し、山喜を捕らえた。責め立てて全容を把握しようとしたが、山喜は白状しない。李元昊は衛慕族が李元昊の王位を簒奪しようとしていると理解した。その陰謀を挫くため、まず皇太后である自分の母を、酒に毒を入れ殺した。さらに妃までも自ら刀で殺した。

このころから頭の奥底に不快な鈍痛が住み着くようになった。李元昊は数多くの戦場を経験してきた。自分に向かって押し寄せてくる敵を、馬上から振り下ろした刀で切り裂く時、幾度も返り血が飛んできたが、李元昊にとってそれは快感であった。断末魔の叫びを上げる敵の顔を見ても負の感情はいささかも湧いてこない。しかし、毒酒を飲んだ時のあの母の顔と目はどうだ。自分をにらみつけ、唇を裂くがごとく横に開き、白目を大きく開けたまま絶命した。幾夜も閨を共にした妃の胸を刀で一突きにした時、妃は口を丸く開けて何かを言おうとしたが、すぐ胸からの鮮血が口の奥から噴き出した。寝につこうとする時、毎夜あの二人の顔が脳裏から湧いてくる。そして日中は鈍痛がやまなかった。

八、烏池に流れ着いた者たち

　李徳明が宋朝との安定的な関係を保っている時には、西夏の民はさほど兵役に徴集されることはなかった。しかし、李元昊が太子として軍事的な実権を掌握すると、河西回廊のオアシスである瓜州、沙州、粛州での戦いのために、兵役の増加が西夏の民に負担としてのしかかってきた。これは、一家の主である成年男子が長期間家から離れることを意味し、農耕を主とする家にも狩猟を主とする家にも、大きな影響を及ぼした。


「こんな戦いをいつまでも続けてもらってはかなわない」

　これが、西夏の民の偽らざる思いであった。しかし、反面これとは違う思いを持った者がいつの間にか増加してきた。それは、

「李元昊様は強い。西夏は偉大だ」

　という意識である。

　異民族との戦いは、煎じ詰めれば相手を倒し、相手の財産を略奪するか、相手に負

けて略奪されるかの戦いである。勝てば相手が持つ宝や食糧を奪うこと、そして負けた民への勝手な処置が許された。勝者の将軍たちがまず奪い取ったのが、金や銀であり、そして女であった。一方、兵は勝手に略奪をすることは許されていなかったが、敵の集落に入り、懐に入るほどの銭や食糧を奪い取るのは大目に見られていた。大きな戦いで勝利を収めると、戦いのあとに一兵卒まで略奪品の配給があった。さらに、自国の西夏が強いという誇りは、戦いに加わった民に、平和の世にはない充足感を与えた。

権場で杜宇俊と会った許博文もその一人であった。三カ月あまり河西回廊の戦いで家を空けた許博文が家に持ち帰ったものが、今まで見たこともない三日月のように曲がった刀と、固い殻の中にある甘い豆だった。

「西方の波斯（ペルシャ）の刀と豆を回鶻が取引で持っていたようだ。こんな形の刀を、わしはうまく使えないが、刃は鋭いし、飾りも立派だ。売れば相当の金になるに違いない」

許博文は息子の徹元に得意げに見せた。

「李元昊様には戦いの才がおありになる。いつか宋や遼と戦う日が来るかもしれんが、きっと相手をねじ伏せて勝利を呼び込みなさるだろう」

話を聞いていた息子の徹元が聞いた。

「父さんは、なんの兵士として戦ったんだい」

「わしか。わしはな、神臂弓を引く兵士だ。神臂弓と言われているがな、実際は弩だ。弓ではない。弓は左手で弓幹の握をつかみ、右手で矢を弦につがい、ぎりぎりと引いて狙いを定めて矢を放つだろう。しかし、人間が片手で引く力には限度がある。弓幹もあまり強く引けば折れてしまう。だから矢が飛ぶ距離にも限りがあるんだ。しかし、弩は違う。まず、弓幹の一部にヤクの角を使うから強い引く力にも耐えられる。そして、両手を使うんだ。弩を地面に立て、両手で弦をぎりぎりと引いて、いったん鉤牙に矢をかける。そして望山に目を当てて狙いを定め、合図とともに一斉に放つ。狙う角度にもよるが、二百四十歩から三百歩の距離を矢は飛ぶ」

「三百歩というと、相手の顔がよく見えないくらいの距離かい」

「そうだ。横一列に並んで、さあこれから攻めるぞという敵に対して、まず神臂弓の部隊が交互に相手の陣に矢を打ち込み、混乱を生じさせる。すかさず全身薄い鉄の鎧で覆いをした騎兵が襲いかかる。これで敵の指揮が混乱して右往左往するところに歩兵がなだれ込む。粛州のはずれでの戦闘では、西からの風が強く、砂を巻き上げ、目を開けていられないほどだった。だから敵は西夏軍が神臂弓を放ったのを目で確認できないうちに、突然空から矢が降ってきたわけだ。混乱するのも当たり前だな。その時の敵のウオーッという叫びがまだ耳に残っているようだ」

「戦った回鶻ってどんな相手なんだい」

「そうだな、連中は漢族の男とも西夏の男とも違う。皆が髭を顎まではやしていてな、鼻は高く、目は少し引っ込んでいて茶色や青い目をした者もいる。もともとは草原に住んでいて小さいころから馬の上で生活しているから、馬上の戦いには強い。刃先から柄まで弓なりに曲がった剣をかざして、ヒョーッと喚きながら突進してくる」

「草原に暮らす回鶻が、なんで粛州や瓜州のような城壁で囲まれたところに住んでいるんだい」

「唐の時代の後半にな、安禄山の乱があったことは知っているだろう。玄宗皇帝は長安を逃げ出し、益州に身を隠した。唐の軍は各地の節度使に実権が握られ、乱を治めることができない。それで西の回鶻に援助を頼んだ。おかげで長安、洛陽を奪回することができた。ただ、太宗の時代にはるばる西方に伸ばした版図はぎゅっと狭くなり、放棄された粛州や瓜州のような西域の町は回鶻が占領した。そしてソグドの民と組んで絹を西方に運び大きな利益を得ていたんだ。だから回鶻は、草原に住まず、城壁と人家があり交易ができる町に住むことになった」

「そこを攻めたんだね」

「そうだ。ある時は城壁の内側にこもる回鶻を攻めたが、城を守ることはあまり得意ではないとみえて、こちらが到着する前に平原で陣形を整え、攻撃してくることがたびたびだった。だから、この神臂弓が威力を発揮したのだ」

許博文は話をしながら、すっかり西夏人になってしまった自分を意識した。爺さんはよく昔話をしてくれた。爺さんの親は、はるか中原の沂州（ぎしゅう）からこの地に流れてきたという。唐末の動乱の時だ。海岸で塩を作っていたので、その知識を買われこの地に住み着いた。近所の家々も皆中原からやってきた。従って西夏は異国の土地だが、曾（ひい）爺さんや爺さんは皆ここで嫁をとったため、いつの間にか西夏の言葉を覚え、西夏の服を着て西夏のために塩を作っている。ただ、名前だけは以前の姓を使うことを許されているので、中原から来た者とわかるだけだ。

西夏の軍備上の優位性は神臂弓にのみあるわけではない。彼らは常温で鉄を加工する「冷鍛法」という技術を習得していた。火を使わず鉄を加工するには、高い技術が必要である。もととなる鉄から冷鍛法により三分の二ほどに圧縮された鉄は強度と粘りが増し、刀や鏃（やじり）に使われるとともに、薄く延ばして甲冑に多く利用された。薄く固い鉄片を縫い合わせた甲冑は、比較的軽く、動きがとりやすい。黒い鎧で人と馬を覆った騎兵は、敵の矢をものともしない。黒い騎兵軍団は、怒涛の如く敵陣に切り込み殺戮をほしいままにした。敵は彼らを「黒鷹子」と呼んで恐れた。

西夏では成年の男はすべて戦場に行く。十五歳になると登録され、六十歳まで兵士としての義務を負う。戦争がある時や軍事訓練時には家と仕事を離れるが、それ以外の時には生業に服する。許博文は四十二歳、息子の徹元は十四歳である。従って父が召集される時には、母と徹元の二人で塩の生産に従事し、時折近くの小さな畑を耕し、農作物を育てねばならない。女と子供にはなかなか手に負えない水利作業や、時には蝗（いなご）や鼠の襲来もあり、男手がないことは一家にかなりの負担となっている。ましてや西夏の土地のほとんどは大陸の北に位置し、海抜が高く、穀物の生産に適しているとは言い難い。

「今年の麦と高粱の生育は順調なようだな」

許博文は息子の徹元に尋ねた。

「今のところはね。でも今年は春から賀蘭山からの冷たい風がきつく、あまり背が伸びてこない。もう少し暖かくなればいいのだけれど」

「粛州での戦いが終わって、これで涼州から沙州まで西夏の版図となった。もう戦いはないだろう。わしも早速鍬（くわ）を握らねばな」

許博文は少し逞しくなった息子の顔を見ながら呟いた。

九、老婆の話

黄河の水系に、洛河と称する川が二つある。一つは現在の河南省を西から東に流れ、洛陽の先で黄河に注ぐ。もう一つは陝西省の北から南に流れ、渭河に注ぐ。渭河は洛河と合流後、間もなく黄河に注ぐ。二つの洛河はいずれも水量豊富で、古来舟運に利用されてきた。ただ、同じ名前であるところから紛らわしく、人々は河南省の洛河を南洛河、陝西省の洛河を北洛河と呼んだ。

明道二（一〇三三）年の春、杜宇俊は仲平と一緒に北洛河を舟で上っていた。二年前に鄭文静と一緒に保安軍の榷場に行ったが、今回の目的地である烏池は保安軍のさらに西北にある。旅の目的は榷場で話を聞いた許博文と息子の徹元に会うためである。

保安軍に行った時は、臨汾からほぼ西に向かって馬車に乗り、黄河を舟で渡って、さらに西に進んだが、今回は舟で北洛河に入り、南から北にさかのぼっている。この川が輸送にどのくらい有効であるかを自分で確かめるためである。臨汾から汾河を下って黄河に入り、黄河と渭河の合流点から渭河を西に少しさかのぼり、支流である北洛河に入る。支流といっても川幅は広く緩やかで、舟を上流に向けて進めるのにさほど苦労はない。

仲平が事前に仕入れた情報によると、この先、川口と呼ばれる手前で一カ所だけ川幅が狭い渓谷があるそうだが、そこは舟を河岸で引いてもらえば、さらに上流の洪州(こうしゅう)までは行けそうだ。洪州まで舟で行ければ、烏池まではさほど遠くない。

前年解池を訪れたあと、杜宇俊は塩の取引についていろいろ調べ、今後具体的に仕事をどう進めるか思案したが、答えが出せないことが二つあった。一つは、宋の社会でどうしたら法の目をくぐって西夏の青白塩を売ることができるかという点であり、もう一つは青白塩が実際に手に入るかという点である。

一つ目の問いにはいくつかの答えがあると思ったが、まず二つ目の見通しを立てねば話は進まない。そのためには烏池に行って、保安軍で会った許博文と徹元に会うことだ。そう決めた杜宇俊は仲平に頼み、北洛河の舟運を生業としている李賢佐(りけんさ)を紹介してもらい、渭河に入ってからは彼の船頭に舵を委ね、北洛河をさかのぼることにした。

春風が川面を少し波立たせているが、両岸の木々が薄緑に色づき心地よい。

「汾河に劣らず、なかなか大きな川だな。船着場も整備されている」

包子（パオズ）を食べながら、杜宇俊が仲平に声をかけた。

「そりゃそうですわ。宋朝の北の要である延州に武器や食糧を運ぶには、黄河から延河をさかのぼる方法もありますが、北洛河を使ったほうが運びやすい。都が昔の長安や洛陽であろうが、今の開封であろうが、国を守るためには大事な川だ」

「臨汾の近くでもそうだが、ここでは黄土がもっと垂直に川に削られているようだな」

「この先には両岸がさらに狭くて切り立ったところがあるそうですよ」

「こんな土地で陸路ものを運ぶのはさぞ大変だろう。舟運が大事なわけだ」

「ところで若だんなが榷場で会ったという許博文とかいう男とその息子の家は、行ったらすぐわかるんですかい」

「塩を作っていると言っていたから、そこに行って聞いてみればなんとかなるだろう」

舟は渓谷の急な流れの個所を、岸から五人がかりで引いてもらい、無事洪州まで着いた。

洪州から北に向かう一帯はいよいよ西夏の土地である。洪州にも西夏の小さな砦があり、中には西夏の軍が詰めているようである。昨年李徳明が亡くなり、李元昊が跡を継いだという消息が流れた時、一瞬この地は緊張状態になったが、その後、元の状態に戻ったらしい。李賢佐の船頭に聞くと薬草の買い付けに洪州には何度か来るが、特に支障はないという。

杜宇俊は李賢佐の船頭に、ここで十日ほど待ってもらうように頼み、馬に乗って仲平と烏池に向かった。道はほとんどが狭い上りであったが、時々山の尾根道から広く眺めることができる場所もあり、視界にはなだらかな山肌に放牧された羊の群れが見える。相当な数だ。そういえば洪州から出て道筋でありつけた食事は、羊の臓物を熱い汁にしたものが多かった。香草がたくさん散らしてあり、なかなか美味だ。

洪州で馬を借りられたため、三日目の昼には烏池までたどり着くことができた。集落は大きくなく、許博文の住処(すみか)を探すのはさほど手間を取らなかった。

許博文は小屋から出てきて、杜宇俊の顔を見るなり驚いて声を発した。

「これは、これは。保安軍では大変お世話になりました。助けていただかなければ、あの役人にずいぶんいじめられるところでした」

「俺もあんな役人は大嫌いだよ。それはそうと息子さんは元気かい」

「はい。今烏池で作業をしておりますが、無事に育っております。ところで、こちらへはどんなご用事ですか」

「保安軍で聞いた烏池の塩のことをもっと知りたくなったんですよ。早速ですが、烏池を見たいんですが、案内してもらえますか」

「烏池は一応出入りを管理しておりますが、責任者は私がよく知っておりますので大丈夫です。早速まいりましょう」

　杜宇俊は歩きながら、それとなく塩の取引が可能であるか許博文に聞いてみた。許博文は言葉を選びながら答えた。

「烏池の青白塩は、宋の地での取引は禁じられていることはご存じのとおりです。先だって亡くなられた李徳明様は、宋との関係をうまく保ち、青白塩の取引ができるよう何度も交渉したのですが、宋は頑なに拒んでまいりました。とはいえ、完全に交易を禁じると反乱を招く恐れがあると思っているのでしょう。西夏の民が宋の民と細々と売り買いする程度は見逃しております」

「そのへんまでは、俺も話として聞いているのだが、もう少し大きな取引はないのかい」

「宋で商いをする方がこっそりこちらに来て、塩の買い付けを行うことは今まで何度かございました。ただ、最近はございません」

「どうしてかい」

「よくわかりませんが、取り締まりが厳しくて、宋の役人に捕まったりしているのではないかと想像しております。それから宋の商人はずる賢く、こちらとの約束事を破ることもしばしばあり、最近はこちらも取引を控えております」

話しているうちに、視界に烏池の姿が入ってきた。解池ほどではないが、かなり大きい。解池のような囲いはなく、周囲には山が迫っており、池に近づくのは数カ所に限られるようだ。四角い畦が数十仕切られた烏池の縁では、かなりの数の人が作業をしている。小屋がいくつかあり、管理と塩の貯蔵のためと思われる。

許博文は杜宇俊と仲平にここで待つように告げ、その小屋の一つに向かった。ほどなくして戻った許博文は息子の徹元を連れていた。徹元は満面の笑顔で杜宇俊に近づき、深々と頭を下げた。

「保安軍ではありがとうございました。私がうかつに懐から塩を出したばかりにご迷惑をかけてしまいました。申し訳ございません」

「そんなことはもう忘れていい。ところでずいぶん背が伸びて体が逞しくなったな。いくつになった」

「十六です」

「そうかい。頼もしいな。ここで塩作りの作業をしているのかい」

「はい。やっと春らしくなったので、先に畦池に上げた水の具合を見て、その量を調整しているところです」

　雲間から太陽が顔を出した。強い光が当たり、周囲の山影を湖面に映している。湖面の縁では白く帯状の塊も見える。

「あと三月ほどして南風が強くなると、辺り一面が白くなり、そこに朝日や夕日があたると、とてもきれいですよ」

　徹元が呟いた。

「ところで、塩の取引を控えていると聞いたが、俺が責任者に直接聞いてみたいんだが、どうだろうか」

　杜宇俊の言葉に許博文が答えた。

「今この場で誰かとお話しするのはご遠慮いただいたほうがいいと思います。もし本当に取引を行いたいのなら、紹介したい人がいます。その方のお話を聞いてみてください。今晩その方の元にまいりましょう。それまでは、烏池の様子でも十分にご覧ください」

夕闇がたっぷり烏池を覆ったころ、杜宇俊は許博文に案内されて一軒の家に入った。油の灯が揺れる部屋の奥には、背を斜めに倒した椅子に老婆が座っていた。腰も弱いらしく、許博文と杜宇俊が部屋に入っても立ち上がらず、手招きで向かいの椅子に座るように勧めた。髪は長く乱れ、細い目が皺だらけの顔の窪みに沈んでいる。かなりの年齢だろうと杜宇俊は思った。奥から少女が杜宇俊と許博文にお茶を運んできた。

「こちらは、私たちがおばば様とお呼びしている方で、塩のことはすべてご存じです。このところめったに人に会われないのですが、杜様が塩の取引をされる意図でこちらに来られている旨をお話ししたら、世話になった方ならお連れしてよいとのことでしたので、ご案内しました。お話を聞かれて、不明な点があればなんなりとお聞きになってください」

許博文が言葉を終えると、おばば様がゆっくり話し始めた。

「お若い方、よう来られた。徹元が世話になったようだのう。塩の取引をしたいと聞いたが」

「そうです。こちらの青白塩を宋の町に持っていって売りたいと思っております」

「それは密売となり、宋では罪となることはご存じじゃろうな」

「存じております。どううまくやるかはまだ考えついておりません」

「そうか……」

一息ついて、おばば様は続けた。

「だがおやめなさい、塩の密売は無理じゃ」

「なぜでございますか」

「ずいぶん昔となったが、唐の末に黄巣（こうそう）という者がいたのは知っておるか」

「知っております。あの乱で唐の王朝は滅びました」

「そのとおりじゃな。ところで黄巣は科挙を何度も受けて落ち、挙げ句に塩の密売に手を染めて仲間を集め、あの乱となったことは知っておるかな」

「唐の税に苦しめられた民が反乱を起こしたとは思っておりましたが、塩の密売人が深く関係しているとは知りませんでした」

「武器を持った反乱には命令によって一斉に動く人の固まりが必要じゃ。塩の密売人は秘密を守り、指揮する者の命令で皆が動くという戦いに合った集団だったのじゃ」

「それでどうして塩の密売が無理となるのですか」

「まあ聞きなされ。黄巣はそしてどうなったか知っているじゃろう」

「皇帝にまでなりましたが、朱温（しゅおん）の裏切りに遭い、最後は李克用（りこくよう）に敗れました」

「そのとおりじゃ。かわいそうにな。じゃあなぜ、敗れたのかご存じか。それは黄巣の集団が塩賊だったからじゃ」

「なぜ塩賊だと敗れるのですか」

「塩の密売には、相当の人手がいる。買う者、運ぶ者、蓄える者、売る者。だから金が欲しいやつを集めていろいろな名前の会を作り、掟を作る。寝返った者には特に厳しい掟を作る。しかし、どんなに厳しい掟を作っても、必ず破る者が出る。それはただ金が欲しいだけで集まった者の集団の定めじゃ。少しでも多い金を誰かにちらつかされれば、コロリと寝返るのが人の常よ」

「そんなものでしょうか。それにしてもおばば様はよくご存じでいらっしゃいます」

細い目を瞬かせながら、おばば様は話を続けた。

「もう一つ教えてあげよう。唐の時代にこの烏池は唐王朝のものであった。唐の役人が唐の職人を連れてきて、ここで塩を作っていた。それが黄巣の乱で唐が滅びると、唐の役人は引き上げ、唐の職人も大部分が引き上げたが一部残った。西夏が塩の生産を続けるために、残るよう頼んだ」

「私もそう聞きました」

「表向きはたしかにそうだが、そこに黄巣の乱で敗れた塩の生産者や密売人が流れてきた。唐の時代であれば彼らはこの地に住むことはできなかっただろうが、西夏は彼らが持つ塩の生産や売る知識を必要とした。そしていつしか、この地に住む漢人はほとんど黄巣の乱に加わった一族の末裔となった。今日烏池で作業をしている多くの民を見ただろう。彼らの曾爺さんは、戦いに負けて流れてきた黄巣の残党の子供じゃ。書いたものは何も残しておらぬが、住んでいる者は皆知っておる。だから、青白塩を密売する者には、心が通うものがある。だがな、密売が難しいことも知っておる。あんたが今日ここに来たことは、もう皆に知れ渡っているじゃろう。彼らは多分あんたを見て、また一人青白塩をやりたい男が来たな、失敗するのに、と見ているんじゃ」

じっと話を聞きながら、杜宇俊は心の中で何かが崩れ落ちてくるような感覚を持った。今まで調べ、考えたことはすべて無に帰すことになるのか。塩の密売は必ず失敗する、塩の密売には大人数の組織が必要であるが、金目当ての人の集まりでは必ず秘密が保たれない、と。

しかし、本当にできないのか。黄巣の時代と宋の現在では何が同じで、何が違うのか。杜宇俊の頭の中ではいろいろな思考のかけらが回転しだした。

「黄巣の時代には、塩の正規の販売人は、密売には加わらなかったのですか」

「そうじゃな、彼らは地方の実権を握っていた節度使と組んでいた。節度使の金づるがこの塩だったから、その仕組みを壊そうとすれば節度使に殺されてしまう。だから彼らは密売には手を染めなかった」

「そうですか。わかりました。いま一度いろいろ考えてみますが、それでももし塩の取引をこちらで行いたければ、どのようにすればよいでしょうか」
「それでもやりたいなら、わしに言えばすぐさせてやる。烏池での取引なら、普通は一斤十二文じゃ。しかしだいぶ世話になったようだから一斤八文でよい。そして烏池以外の場所まで運ぶなら、そのぶん実費を足す。それだけじゃ」

暗い道を許博文と戻りながら、杜宇俊は考え続けた。難しいとなれば、なおやってみたい。どこかに抜け道があるはずだ。許博文が低い声で杜宇俊に告げた。
「おばば様のお話を聞いて、うすうす感じたのではないかと思いますが、実はおばば様は黄巣の血を引いた方です。ご本人はそのことについて何もお話ししませんが、烏池に住む者は皆知っております。だから今でもおばば様がおっしゃることには皆従います。おばば様が塩の取引をあなた様とされると決めれば、皆そのとおりにいたします」

そうか、人の心は幾世代の時を超えてもつながっているのか。杜宇俊は漆黒の空に広がる星の輝きを見つめて、ひとり呟いた。そういえば、科挙に落ちたのは、宋の太宗が敵意を抱いた晋陽の地で俺が学んだからではないかと伝えた者がいた。本当かどうかはわからない。しかし本当だとすると、志だけではなく、怨念も世代の時を超えて伝わっていくものかもしれない。

寝屋に案内された杜宇俊に、待っていた仲平が早速声をかけてきた。

「どうですか。塩は手に入りそうですか」

「うーん、手に入れることはできそうだが、売るにはもう少し工夫がいるようだな」

杜宇俊は横になり、暗い天井を眺めながら考え始めた。大がかりに塩の密売を始めると人手が多くいる。金目当ての連中を集めて雇っても、しょせん裏切られる。では商いを広げず、ごく親しい限られた人間だけでやったらどうか。儲けは少ないかもしれないが密告される危険は大幅に減少する。

それから唐の時代と今とでは、国のかたちとして何が違うのか。たしかに唐の末期は、地方に割拠した節度使が実権を握っていた。節度使とは、形式上は皇帝に任命される称号だが、実態は世襲になっており、徴税権や軍備を持つ一つの国の王だ。それが唐を滅ぼしたとの認識から、宋の太祖は建国以来残った節度使の権限を弱め、さらに廃止し、科挙で登用した士大夫を各地に派遣して中央集権の力を強めている。これが大きな違いだ。問題はそうやって派遣された士大夫がどういうやつかということだ。しょせん宮仕えの役人で、自分の任期中に私腹を肥やすことに明け暮れているのではないか。そうならば、そこに抜け道があるかもしれない。

　気がつけば、隣で寝ている仲平がいびきをかきだした。いびきが大きくならないうちに寝よう。杜宇俊は仲平に背を向け、眠りについた。

十、蒲州の塩商人

黄河と解池を結ぶ姚暹渠の畔に蒲州という町があった。解池でできた塩を舟で黄河まで運び、さらに都の開封に運ぶには便利な地であったため、早くから舟運が盛んであった。

烏池から家に戻った杜宇俊は、ひと月後に再び仲平を連れて汾河と黄河を下り姚暹渠に入った。訪ねる先は蒲州の沈玉峰（ちんぎょくほう）である。前年仲平と姚暹渠を上った時には舟の中でほとんど寝ていたので気づかなかったが、この姚暹渠はなかなか立派な堀である。少し大型の舟でも十分すれ違うことができるし、縁には柳の木が植えられ風にそよいでいる。実際解池から運ばれてきたと思われる塩を積んだ舟と何度もすれ違ったし、野菜をうずたかく積んだ舟も通り過ぎた。

蒲州の船着場で降りた杜宇俊と仲平は、まっすぐ沈玉峰の屋敷に向かった。蒲州の町は臨汾ほどのにぎわいはないが、ところどころ新しく建てられた屋敷がある。三年前に塩の輸送と販売が商人に委ねられて以降、塩の取引で儲けを蓄えた商人の屋敷であるという。それに比べ沈玉峰の屋敷は小さかった。あらかじめ書面で訪問を伝えておいたため、沈玉峰は笑顔で杜宇俊を迎えた。

「これはこれは、長い旅でお疲れでしょう。まずはお上がりください」

案内された部屋には籐の椅子が置かれ、こぢんまりとした庭から爽やかな風が渡ってくる。

「先月開封に行きましてな、お茶をいろいろ仕入れてきました。片茶(へんちゃ)を点てましょう。少々お待ちください」

部屋を眺めると、正面には黒い棚が見える。黒檀のようだ。青い玻璃(はり)の皿が載っている。見たこともないような皿だ。胡人(こじん)が開封の市に持ち込んだ品物かもしれない。

奥から瀟洒な茶道具を抱えて沈玉峰が戻り、茶を入れ始めた。

「仕事柄、年に一度は開封に行っておりますが、ここ数年の街の繁盛はたいしたものですな」

茶道具を細い目で愛でながら話を続ける。

「食べ物の店がどんどん増えているんですわ。兎の肉を炒めた料理とか、酒に浸した蟹とか珍しいものがありましてな。私は羊肉湯というスープが一番気に入りました。大きな椀で出てくるのですが、最初はそのまま、次は塩を入れて味を少し強めにして、最後は葱をどっさり入れていただくんですわ。寒い時などはこれが一番ですな」

話を聞いていた杜宇俊はうなずきつつも、肝心の話の糸口をどうつけようか悩んでいた。

その時、沈玉峰が小柄な顔を向けた。

「お手紙も読みました。お越しになった訳もよく承知しております。親父さんが汾河方面の塩の販売をおやめになったあと、私がさせていただいているわけですが、息子のあなた様がおやりになるわけですな」

杜宇俊はびっくりした。どう切り出そうと思っていた話を、いきなり相手から出されたのだ。

「実は……」

と言いかけた杜宇俊を手で遮って沈玉峰は話を続けた。

「あなた様が昨年解池にお越しになったことは耳に入っておりました。いずれ、こういう話になるとも思っておりました。どうぞご遠慮なくお始めください。私のほうはまだまだ売る場所がいろいろありますので、汾河方面のお仕事をすべてあなた様がおやりになるのにいささかの反対もいたしません」

そう言われると杜宇俊の心のつかえが一挙に下りた。

沈玉峰は、表情から判断するに還暦の前後であろうか。小柄であるがきりりと引き締まった体付きで、太い腕のわりに女と見紛うような細くきれいな指をしている。切れた目は優しくもあり、鋭くも見える。

「ありがとうございます。何分にも新参者ですので、よろしくお願い申し上げます。ところで三年前にわれわれでも塩を扱うことができるようになったわけですが、商いはいかがな具合でございますか」

「ここに来る途中、いくつかのお屋敷をご覧になりましたでしょう。ここ蒲州では塩を扱う三家の商人がおります。劉家、王家と張家で、都の開封はじめ鄭州、随州などで大きな取引をしております。私はまだ駆け出しのほうですな。塩の商売というのは、世間で言うほど儲かるものではありません。ただ、北にある宋朝の軍事要塞に運び込む飼葉の取引の値によっては、儲けも出るといったところですかな」

「そうですか。これからいろいろ勉強してみます」

杜宇俊は昨年解池に行った時の感想を沈玉峰に話し始めた。話を聞きながら、沈玉峰はじっと杜宇俊の目を見ている。何も発しない。杜宇俊は話を区切り、お茶に手を伸ばした。

「今日のお話はそれだけですか。もう少しあるのではございませんか」

沈玉峰が切り出した。杜宇俊は悩んだ。そう、あるのだ。もう一つの話が。ただ、それを今日、切り出していいものか。しかし腹を決めた。

「お見通しでございますね。たしかにもう一つお話し申し上げたいことがございます」

茶を一口飲んでから幾分声をひそめて沈玉峰に尋ねた。

「青白塩をご存じですか」

沈玉峰は答えなかった。しかし、目は知っていると答えている。

「青白塩を扱えないかと考えているのです」

沈玉峰は表情を変えず、言葉を発しない。無言のうちにもっと話せと言っている。

「馬の飼葉を延州に届けて、交引をもらい、それを持って解池に来て塩を受け取って売る。それだけでは宋朝の手先として働き、高い塩を民に売るだけの商売です。私も商売をやる以上儲けたい。ただ、民に恨まれながら一人儲けるのは本意ではない。儲けたい、そして民にも少しは喜んでもらいたい、それが青白塩の取引を考えた理由です」

「ご法度のことはあなた様もよくご存じでしょう。どうなさるのかな」

沈玉峰は口を開いた。再び杜宇俊は悩んだ。青白塩の具体的なことまで切り出そうか、それとも初対面の相手だから、いくらなんでも、そこまではやりすぎだろうか。

実は杜宇俊は仲平に命じて、沈玉峰の噂を集めておいた。実直な商売人という評判はあるが、その一方、塩を運搬する要所の役人のもとにかなり足しげく通っているらしい。夜の街で役人を接待しているとの噂もある。真っ当な商売だけを行っているのであれば、あれほど役人との付き合いはしないでしょう、というのが仲平の報告であった。蒲州の塩商売は劉家、王家と張家の三家で握っていて、なかなかほかの者は入れないという評判もある。そこで商売している沈玉峰は何かを考えている。それは役人の目を盗んでやる仕事ではないか。杜宇俊はここに来る前、そう思っていた。それを相手に問うかどうかだ。沈玉峰の問いには答えず、杜宇俊は烏池の話をした。

「青白塩を採る烏池まで行ってきました。あれはいい塩です」

沈玉峰は尋ねた。

「ほう、雲たなびく山の果てに塩ありですな。雲は値が付かぬが、塩には値が付く」

「一斤八文」

「なるほど。それならば仕事にも花が咲くかもしれませんなぁ」

禅問答のような会話を交わしていた二人は、いつの間にか青白塩の密売に関する骨組みの核心に移っていた。

沈玉峰は実際役人に食い込んでいた。正規の塩を運搬するには、宋朝が出す交引が証明書として必要で、そこには塩の重さも記載されている。それ以上運んでいたら密売ということになる。しかし、実際の検査は塩の袋一つ一つを数え、重さを量るわけではない。本来そうするのが決まりではあるが、実際は目でざっと量るだけである。沈玉峰の話では、最初一割程度の超過なら目をつぶると言っていた役人が、最近では三割、四割でも通してくれるという。沈玉峰が扱っているのは解池の塩だけであり、青白塩は手にしたいが入手できていない。

杜宇俊はここに来る前、悩んだ。青白塩を扱うにしても、噂で聞く密売集団、塩梟（えんきょう）のように、仕事のないごろつきを集め、秘密の結社を作り、塩を取り締まる宋の役人に武力で抗うような商売は、どうせどこかで行き詰まるだろう。一時的な儲けはさほどなくともよい。しかし、じわじわと広げるような仕事がしたい。そのためには、宋朝の役人と裏でどう付き合うかだ。青白塩は手に入る。しかし、役人への対応を無から起こすのは難しい。沈玉峰と組むことは危険が伴うかもしれない。しかし、塩を運んで、そして売るには役人に顔が利く沈玉峰を頼るしかない。杜宇俊は話をしている中で腹を決めた。

二人の思惑は徐々に交錯しながら焦点が合ってきた。だいぶ時間がかかったが、青白塩を運ぶ道筋、途中数カ所ある検問への対応方法、売りさばき方、利益の分け方などについて話を詰めた。

「ずっとお茶ばかり飲んで話しておりましたな。仕事の話はもうこの辺でよろしいでしょう。うまいお酒があるんですわ」

沈玉峰が顔を上げてこう話した時、もう夜はとっぷり更けていた。

十一、皇帝 李元昊

宝元（ほうげん）元（一〇三八）年となり、杜宇俊が青白塩を扱った商売を始めて五年の月日が経っていた。その間に彼の身辺で起こった最大の出来事は、四年前の父の死であった。五十代の半ば、まだ死などは先のことと本人も思っていたであろうが、父はある日急に胸に両手を当て、苦しそうな顔をして庭で倒れた。家人がすぐ気づき家に運び込んだが、呂律が回らず、倒れた時の荒い呼吸が徐々に弱くなり、その夜あっけなく息を引き取った。杜宇俊は二十六歳になったばかりで、仕事を始めてからというもの、まだまだ父親から学ぶことが多いと痛感していた矢先であった。

そもそも塩を扱うことも、さらにはご法度の青白塩を扱うことも父は賛成しなかったが、杜宇俊がどうしてもと頼んだため、ごく限られた量を、ごく限られた人数で扱うことを許してくれた。

七七（チーチー）と呼ばれる死後四十九日の喪中は、商売人は仕事を停止する。取引相手への請求も控えねばならないし、また逆に相手から取り立てを受けることもない。お互いのいわば仁義である。

杜宇俊は数日間何も考えられない日々が続いた。弔問に蒲州から来てくれた沈玉峰と話している時も、父の残した取引を含め、今後の仕事の輪郭を描くことができなかったが、七七の終わりに近づいたころ、ようやく決断した。父が行っていた酒の運送の商売はやめて、塩に絞ろうと。

それ以降、塩の商売は思ったよりはうまく進んでいる。

まず、宋朝の北の要である延州に、北洛河を使って馬の飼葉や軍の食糧を届ける。北洛河を川口まで舟で遡上し、それから延州までは小舟と驢馬で物資を運ばせる。その間に洪州に舟を往復させ、青白塩を仕入れるのだ。延州で解池の塩と交換できる交引を受け取った男が川口に戻ってくるころに、ちょうど青白塩を載せた舟が北洛河を川口に下りてくる。それから解池に行き、青白塩はいったん舟から降ろして、交引と交換して塩を受け取り、二種類の塩を汾河にある売り場に運ぶ。

舟で輸送中、三カ所の船着場で検査があるが、沈玉峰が役人にこまめに金をつかませており、今まで揉めたことはない。仲平が言っていた舟の大小による河川の航行規制、および荷下ろしの船着場における検査もさほど厳格ではなくなっていた。

杜宇俊の塩の売り場は汾河沿いに五カ所設けられており、解池の塩は店頭で、役人や金を持っている商人に売り、青白塩は別の離れた小屋の裏口で、農民や金のない村民に売った。役人へは、仕入れた塩の一部をただで渡していたため、とがめられることはなかった。青白塩は解池の塩に比べると運べる量が少なく、かつ安価で売っていたため、すぐ売り切れてしまう。助かるよ、もっと欲しい、という民の言葉を聞くたび、なんとかこのままうまく続けたいと杜宇俊は思った。

「沈玉峰が、汾河方面で商いをするなんとかという若造と組んで、何やら怪しいことをしているようですな」

「そのことはわしの耳にも入っている。だがな、しょせん小さな商いじゃ。ほっとけ。それよりぼちぼち塩の流れを切りましょうか」

蒲州の劉家の屋敷の奥に、三人の男が集まり密談を交わしていた。劉家の主である劉昌(りゅうしょう)と王翔空(おうしょうくう)そして張一成(ちょういっせい)である。蒲州における塩の取引の大半はこの三家で行っている。本来は商売敵であるこの三人がこうして集まるようになったきっかけは、塩の取引でもっと儲けたいとの欲である。

塩の輸送と販売はたしかに一定の利益を生んだが、一方で突発的な損失もある。前年の大雨では、出水した川で王翔空の二艘の舟が流されて破損し、輸送中の塩がすべて駄目になった。今年は黄河で輸送中の張一成の大舟が、岸から小舟で乗り付けた賊ほど裕福ではない。

に舟手を殺され、舟ごと塩を奪われた。これらに対し、誰かが保障してくれるわけではない。三家はいずれも蒲州で御殿と呼ばれる大きな屋敷を構えたが、台所は見た目ほど裕福ではない。

半年前、劉昌が王翔空と張一成を呼び、ある相談をした。それは延州での交引を買い占めて塩の価格を動かそうという話である。八年前の天聖八（一〇三〇）年、塩の輸送と販売を商人に委ねる決定がなされた時、開封の都に行った商人たちは、権三司使の李諮から塩の価格は一斤四十文を限度とする旨の指示を受けていた。商人たちはその指示を一応受け入れたが、一方需給の状況によっては必ずしも守れない場合もあることの約束も取り付けた。

宋朝の指示に従い、商人は延州まで軍が必要とする食糧や馬の飼葉を納入して、交引を受け取り、それを解池に持っていき、塩と交換して販売した。たしかにこの一連の取引を終えると一定の利益は出るが、問題は資金の回収であった。軍の食糧や飼葉を購入するにはその段階で金もいるし、輸送するにも金がいる。一方、塩を販売して資金を回収するまでには最低数カ月はかかる。開封まで交引を持っていって現金化する方法もあるが、それでも時間がかかる。要は一定の資金的なゆとりがないと、行き詰まる構図であった。

劉昌はそこに目を付けた。延州で交引を受け取った商人に、その場で声をかけ、一定の価格で交引を引き取ったのだ。その交引を集めてから、前月大量の塩を解池で交換し、市井に放出した。すると塩価は見る間に下がり、一斤三十文近くになった。民は喜んだ。

「さてこれからですわ。ここで塩をやめたらどのくらいまで値が上がるでしょうな」

この企てに必要な金は、劉昌と王翔空、張一成で各々二千貫ずつ出し合った。出した金は回収せねばならない。

二カ月後、開封の宮殿の奥で、権三司使の李諮は薛利興を呼び、最近の塩の取引に関し調査を命じていた。

「この数カ月で鄭州や随州などの東の方面の塩の価格が大きく動いているようじゃ。それまで一斤ほぼ四十文で安定していたにもかかわらず、急に三十文に下がったと思えば、最近は七十文を超えているという。このような調子で塩の価格が上がれば、民の不満が増し、騒動が起きかねない。誰かが塩の価格を操作しているようじゃ。調べて報告せよ」

同じ年、西夏で大きな変革が起きた。なんと宋朝より国王の称号を授かっている李元昊が自らを皇帝と名乗る儀式を挙行したという。皇帝という称号が、秦の始皇帝によって初めて用いられて以来、中華の大地の万物を治めるただ一人の者が皇帝であり、二人など存在し得ない。そのような自明の道理の中で皇帝を名乗ることは、もう片方が正統の皇帝ではないと宣告しているに等しい。宋朝に衝撃が走った。

「とんでもないこと。すぐさま西夏を討つべきでありましょう」

宋朝ではこうした意見を上げる者もいたが、皇帝に仕える大半の士大夫は驚愕のあまり為すすべを知らなかった。

宋朝の政の要諦は文民政治と中央集権である。唐朝の衰退の反省を踏まえ、武の力を抑え、地方の権力を弱める政治を行ってきた。

皇帝自らが科挙の最終試験である殿試で受験者に接し、合格した者には皇帝への絶対服従を求めた。科挙の合格者たちは、皇帝の意向を十分に忖度し、軍人の権力を弱め、世に言う士大夫という高級な官僚層を築いた。これにより平時にはきわめて強固な政治体制を築くことができたが、一朝、事が起きると士大夫は動揺した。北辺の煩いである遼とは景徳元（一〇〇四）年に澶淵の盟を結んで以降、戦闘はない。すなわち宋朝の政を握る文官の士大夫たちは、ここ三十年余り本格的な軍事による緊張を経験していない。

「なんとしても軍を増強せねばなりません」

など当たり障りのない結論しか導き出せなかった。そこで軍備増強のため軍人を募ってみると、食いつぶれた農村の次男や三男、あるいは天災で畑を失った農民などから簡単に集めることができた。

問題は金である。太祖の時代、国の中央を守る禁軍の数は約十九万人であった。遼との軍事対応に苦慮した真宗の時には四十三万人に増加していた。そして仁宗の治世である今、遼に加え西夏への対抗のため軍を増強し始めると、その数はなんと八十万人を超えそうになってきた。その結果、軍事費が財政の八割を超える事態となった。もちろん国庫の財源は無限ではない。この軍を維持し、さらに戦争に突入する事態となると膨大な金が要る。どうやって宋朝の国庫を増やし、膨れ上がった軍を賄うことができるか。それには専売をしている塩や茶などの税額を上げることしかない。

宋朝が遅まきながら着手した財政の改革が効果を現す前に、西夏は宋朝への軍事攻撃を開始した。西夏としては、国力の差から宋朝の打倒まで意図しているわけではない。内にあっては西夏の国威を上げるためであり、対外政策として、皇帝を戴く宋朝と対等な国家であることを認めさせるための武力侵攻である。西夏が開封の都を陥す（おと）までの意図はないことは宋朝にもわかったが、とはいえ対等な国として認めるなどあり得ない。
宝元三（一〇四〇）年正月、西夏軍が国の境を越え、榷場のある保安軍を制圧して、宋朝の北の軍事上の要である延州に向かっているとの消息が入ると、延州の司令官である範雍（はんよう）は開封に援軍派遣を要請した。それに呼応して、慶州の司令官劉平（りゅうへい）は小雪が舞う中、一万人の軍を率い、延州に向け昼夜行軍を進めた。三川口（さんせんこう）と言われる地点で、劉平は前方に西夏軍が陣を張っているのを認めた。

西夏と宋朝の軍事的な緊張は、杜宇俊の仕事にも影響を与えだした。延州への物資の輸送、および解池での塩の受け取りはできる。しかし、洪州まで舟をさかのぼらせて青白塩を受け取ることができない。洪州は完全に西夏の軍事基地となり、たとえ交易目的であれ下手をすれば舟ごと没収される。そのかわり延州や北の軍事基地へ輸送する量が飛躍的に増加した。兵器は宋軍が直接輸送に携わったが、兵士の食糧や馬の飼葉は舟運を行っている商人の手に委ねられた。

一方、塩の価格の高騰は市井の民を苦しめた。蒲州の三家による価格操作は三家に一時的な暴利をもたらしたが、間もなく宋朝が交引の価格を上げげた。正確に言えば、延州に納入される食糧や飼葉に対する交引の数を減らしたのだ。これによって交換できる塩の量も減少する。このままでは商人は儲けが減少して誰も軍への納入を行わなくなるので、宋朝は併せて塩の価格に対する統制をやめた。商人はいくらでも塩を売ってもいいこととなった。三家も膨大な軍需輸送に力を注いで儲ける傍ら、時々目立たぬように価格操作を続けた。塩の価格は一斤百文を超え、冬の野菜を漬け込もうとする民の台所を直撃した。

十二、西夏文字と陵

皇帝を称した以上、宋朝はきっと軍事攻撃をしかけてくるだろう。李元昊は覚悟した。しかし勝算はある。もとより、中原の地を西夏がすべて支配するつもりはない。またそれはできないだろう。宋の軍を徹底的に破り、宋朝が西夏を対等な立場で認めてくれればいい。そのための軍備は着々と整えている。

それから、皇帝を名乗った以上、単に強い軍を持っているだけでは不十分だ。皇帝の治める国としての品格がいる。李元昊はこれも強く認識した。都の興慶の整備は大分進んでいるので進捗を見守るとして、あとは文字と陵(みささぎ)だ。二年前に野利仁栄に頼んだ文字の制作は、時々散発的な報告を受けているものの、まとまった話を聞いていない。思い切って半日やることを全部やめて、野利仁栄の話を聞こう、李元昊は数日後彼を呼んだ。

「三月ほど前にそなたの作業室に行って、木型で作った文字の部分を組み合わせているのを見たが、それ以降どのくらい進んでいるのか」

数人の部下を使い、連日遅くまで作業を続けている野利仁栄は、やや疲労困憊気味である。眼のふちが黒い。

「二年前に三年で作れとのご命令を受けましたので、連日夜を徹して作業し、皆で知恵を絞っているところでございます」

「それで順調にできそうか」

「すべて順調というわけではございません。いくつか問題がございます」

「たとえば、どのようなことか」

「西夏の文字は、音ではなく、漢字のように意味を表す文字としようとは、陛下もご同意いただいた基本の方針でございます」

「そのとおりだ。それがどうした」

「そういたしますと、意味を表す言葉の数が無限に増えることになります。実際漢字の数も五万を超えると言われており、これではとても西夏の民が学習できません」

「減らせばいい。そんなことは初めからわかっていることだ」

「そのとおりです。せいぜい五千、できればもう少し減らしたい。しかし、そうすると表現できない〝もの〟や〝こと〟の数が増えます。西夏の民は漢字の偏や旁などに慣れておりますから、できれば漢字の特性を生かし、覚えやすく、かつ字の総数をしぼる、これがなかなか難題でございます」

「そうか、たしかに多少の知恵が必要であろうな。しかし、よく考えてみろ。漢字は今まで幾段階かの変遷を経ているようだが、所詮は自然にできあがってきた文字だ。勝手に後世の人間が変えることができない。しかし、今度作る字はまったく新しい字だ。理屈で作ることができる。だから覚えやすく、数が絞れる工夫をもっとできるはずだ」

「陛下には、何か具体的な手法がございますか」

「そうだな。たとえば漢字には糸偏や木偏があり、それがつく字には一定の共通性がある。

ただ、〝結ぶ〟の反対語は〝解く〟のように、似た動作に二つの漢字を覚えねばならぬ。西夏の言葉としては、〝結ぶ〟に当たる語を一つ作ったら、その左か上に棒を一本引いて〝解く〟を表す言葉とすれば、覚える言葉は一つですむ。これはたとえばの話だが、そんな工夫もできるのではないか」

「なるほど。いつも馬上に剣を持つ陛下のお姿しか見ておりませんでしたが、なんと我らよりよほど文字の才がおありになる。お暇な折に是非我らの作業場にお越しくださ い」

かくして皇帝李元昊は時折野利仁栄の作業場を訪れ、さまざまな意見を伝えることとなった。

半年あまりの時が過ぎ、とうとう西夏文字が完成した。いろいろ独創的な工夫がなされている。たとえば〝細い〟という字をまず作れば、それに一定の冠を組み合わせることで〝刺〟や〝針〟という字に変化させ、また〝米〟という字を作り、それにまた別の冠を組み合わせて〝飯〟や〝粥〟という字を作る。前述の否定詞の考え方も使われ、〝集まる〟という字の左側に二本の縦線を引き〝散る〟という字とした。漢字に比べやや画数が多いことが特徴であるが、とにかくも約六千字の西夏文字ができたのだ。

西夏文字の完成を祝う盛大な式典が挙行された。同時に西夏の貴族の子弟に西夏文字を徹底的に教育する機関が設けられた。同じころ、西夏の仏教界にも指令が下りた。

「大蔵経を全巻西夏文字で翻訳せよ」

漢訳された大蔵経は膨大な経典であるが、宋の木版印刷技術の発展により、入手が可能となっていた。「漢礼」から「蕃礼」に舵を切った李元昊であるが、仏教が西夏の貴族や民に浸透している事実には無視できないものがあった。むしろ積極的に普及を後押しすることで治国をいっそう進めることができる、そう考えた李元昊は、大作業であることを理解しつつも、西夏文字による大蔵経作成の着手を命じた。

もうひとつの課題が陵である。古来漢土の歴代王朝の皇帝は巨大な陵を残してきた。西夏が単なる地方の王であったならば、それほどの墓を構えずともよいのかもしれない。しかし、皇帝と称し、李氏西夏王朝を存続させていくためには、歴代皇帝の陵が必要であると李元昊は強く意識した。大きく連なる陵の存在こそが、李氏の皇帝が西夏を治めているという無言の象徴となる。

しかし、立派な陵を造り上げるにはいくつかの問題があることを李元昊は認識していた。まずは人力の動員である。李元昊は、着手するなら自分の陵とともに父の李徳明と祖父の李継遷の陵も一緒に造らねばと思っていた。それだけの人力を確保できるか。現下の情勢で最優先すべきは、宋朝との軍事衝突に割くべき兵士の確保である。陵を造るために前線の兵士の数を減らすことはできない。また「漢礼」から「蕃礼」に改める方針を出している以上、中原の王朝の陵の造りを真似するわけにはいかない。遼の国王の陵はすっかり中原の造りを模倣しているというが、なんとしても西夏独自の風格ある陵を造らねばならない。しかし、誰がそのような陵の姿を描きだし、造営できるのか。

陵を造る土地にもいい考えが浮かばなかった。興慶の都は、南から北上する黄河の少し西に位置している。黄河の東の土地はいざとなれば敵に攻撃され、占領される恐れがないとは言えないことから、陵の位置はやはり西側だろう。一方都である興慶の周辺には小さな湖沼が多い。これは西にそびえる賀蘭山に沁み込んだ伏流水が湧いて出てくるためで、おかげで麦や米を栽培することができる。しかし、湖沼が多い地域は陵を造る地としては適性を欠く。

ある日、李元昊は賀蘭山の麓から少し離れた場所で大規模な軍事訓練を行った。賀蘭山の麓はまだ森もあり、鹿や兎のような動物も棲んでいるが、離れると広大な荒れ地で、水の便もない。従って田畑もない。軍の指揮をしながら突然、陵の造営場所で迷っていたことを思い出した。中原の皇帝であれば、まず風水がどうのと言い始めるであろうが、そんなことはどうでもいい。この広い荒れ地こそ、我が西夏の皇帝の陵に相応しいのではないか。よし、宋朝との戦いのめどがついたら早速陵の造営を始めよう。賀蘭山に傾きつつある陽を浴びながら、李元昊はひとり頷いた。

十三、好水川の戦い

韓琦(かんき)は激しい使命感に燃えていた。なんとしても西夏軍をこの機に殲滅(せんめつ)させねばならない。この言葉を何度心の中で唱えたことか。渭州(いしゅう)の砦の窓から見る山々は、まだ早春の褐色の肌を見せている。北からの風が頬を刺した。

前年の冬、劉平率いる慶州の兵が三川口の戦いで、西夏軍によりほぼ壊滅に近い敗戦を味わっていた。劉平による援軍派遣が無に帰したあと、北辺の守りの要の延州は西夏軍に包囲された。延州の食糧も尽きかけ、あわや落城寸前まで追い詰められた時、包囲した西夏軍に大雪と寒風が襲いかかった。冬の寒さには慣れている西夏の軍ではあったが、食糧も乏しくなっていく中、露営しつつ攻城を続けるには限度があった。李元昊はやむなく包囲を解き、軍を興慶に戻した。

延州が西夏の手に落ちたかもしれない、というこの戦いは宋朝に深刻な打撃を与えた。延州の司令官であった范雍(はんよう)は職を解かれ、仁宗の信任が厚い夏竦(かしょう)が新たな役目を与えられた。夏竦に付けられた役職名は十七文字もある長いものであったが、それは宋朝の北西部を安らかにするとの意味で、端的に言えば西夏戦略の総指揮官である。

さらに彼には二人の補佐官が任命された。韓琦と范仲淹（はんちゅうえん）である。

韓琦は今年三十三歳になる文官である。十九歳の若さで科挙に合格した。それも最終試験の殿試は上から二番目という、とんでもない成績であった。科挙では首席合格者を状元（じょうげん）と呼び、次席を榜眼（ぼうがん）、第三席を探花（たんか）と称し、その名誉は生涯本人についてまわる。殿試は皇帝自らが受験者に問う試験であるため、成績優秀者の処遇は、皇帝が判断を下す人事にも影響する。韓琦は朝廷で数々の直言を皇帝に上奏し、時には遼朝に外交使節として行き国境の揉め事を処理し、また蜀州で飢饉が発生すれば現地で指揮を執り、百万人を超える農民を救うなどその活躍は広く及んだ。

宝元二年（一〇三九年）蜀州から戻った韓琦は、西夏の李元昊が自ら皇帝と称した以降の国境の緊張状態を隈なく報告し、また飢饉にあえぐ地域の農民への税の取り立てを一律免除すべきとの意見書を提出した。直近の西方の情勢に詳しいことから、このたびの西夏戦略の副指揮官に任命された。

もう一人の副指揮官である范仲淹は同じく文官であり、真っ直ぐな気性は韓琦と通ずるものがあるが、境遇はやや不遇であった。若いころは苦学の日々を続け、科挙に合格して仕官のあとも、権力闘争の渦の中ではじかれ地方を転々とした。歳もすでに五十歳を越えている。宋朝の輸送を司る転運使として西方の事情に精通していたことから、同じく副指揮官に登用された。なお、范仲淹は後年「岳陽楼記」に「先天下之憂而憂　後天下之楽而楽」（天下の憂いに先んじて憂い、天下の楽しみに後れて楽しむ）という名句を記し、「後楽園」の名称のゆかりの句の作者としてその名を残すことになる。

武より文を重んじた宋朝の方針で、編成軍の指揮者である夏竦、韓琦、范仲淹はともに文官である。国家全体を見据えて大局を判断する能力には優れている。しかしながら、個々の軍事戦略においてはやはり軍人の意見も参考にせねばならない。韓琦と范仲淹は、自らの経験を土台としつつも軍人の意見に耳を傾け、韓琦は西夏に対して正面から短期の総力戦を主張し、范仲淹は延州を中心とした長期の防御戦を主張した。西夏の出方が不明なため、開封を出発する前の軍事会議では結論が出なかったが、韓琦は渭州を起点として北西から中原に通じる涇原路から進撃し、范仲淹は延州の司令官も兼務して防御を強化することを命じられ出陣した。

慶暦（けいれき）元（一〇四一）年二月、李元昊は総勢十万人を超える軍を出発させた。事前の情報によると、宋朝は延州の防衛に全力を注いでいるようで、城砦を堅固にし、さらに兵馬も昨年の数倍は配置しているという。李元昊は手勢のうち二万人を延州に向けて進めさせ、西夏の大軍が迫っているという噂を故意に流した。一方で主力の部隊を西の涇原路に進めた。こちらのほうが手薄で、攻めやすいとの判断からである。

韓琦は李元昊の戦略を読んでいた。きっと涇原路を来るだろう。その時こそ李元昊の主力軍を叩く時だ。北へ行かせた斥候（せっこう）からも西夏軍の動きを察知する旨の報告を受けている。

「こちらにおいででしたか」

窓から寒々した山を眺めていた韓琦に後ろから声がかけられた。軍人の任福である。渭州に集められた宋軍の主要な武将の一人だ。韓琦は尋ねた。

「その後の斥候の報告はどうか。やはり西夏の主力はこちらに向かっているのか」

「西夏軍の主力の所在を正確には確認しておりませんが、斥候の報告を総合しますと、やはり延州に向かうよりも涇原路を下ってくると思われます」

「どこが決戦場になると思うか」

「このままいけば、この渭州のすぐ北の峠辺りになるでしょう。ただ、敵に峠を先に抑えられると戦いは難しくなりますな」

「そうか。西夏の主力がこちらに向かっているとして、どう戦うべきか、任福の考えを申してみよ」

「さすれば申し上げますが、ここは敵を挟撃すべきでありましょう。彼らは葫芦河沿いに迫ってくるものと思われます。渭州から六十里北西に羊牧隆の砦がございます。まずそちらに軍の一部を差し向けます。そこで待機しつつ、南下してくる西夏軍が六盤山の峠を越えた辺りで、ひそかに西夏軍が通り過ぎた涇原路に入り、彼らの後方に軍を構え、あとは北と南から一挙に西夏軍を挟撃します。東西は山が連なり西夏軍は迅速な動きがとれませぬ」

「なるほど。羊牧隆の砦をうまく生かすのだな。兵はどのくらい必要か」

「少なくとも一万、できれば二万いりますな」

「二万は無理だ。一万二千なら可能だ。任福、おまえが指揮官になってくれるか」

「ぜひともお申し付けください。光栄でございます」

韓琦は一万二千の兵を調達し、渭州にいる武将数名をつけて任福を出発させた。


西夏軍は興慶を二週間前に出発して、その主力部隊は延州へは向かわず、涇原路を南に下っていた。許博文は神臂弓の部隊の一員としてその行軍のさなかにいた。先の三川口の戦いの際には、烏池の補修と塩の輸送のため動員されなかったが、このたびの戦いは、西夏の成人男性がすべて動員されているのではないかと思われるほどの人

の多さだ。数年前に加わった河西回廊の戦い以来の戦場である。心は高ぶった。妻や息子は出発に際して心配そうな顔をしたが、

「大丈夫だ。李元昊様は無敵だ。今度の戦いでもきっと宋の軍隊などものともしないだろう」

と言って家を出た。ただし、行軍はなかなかきついものであった。それは涇原路の主要路を通らず、起伏の激しい間道を通りながら南下してきたからである。敵の発見を遅らせるためであることは許博文や周りの兵士もわかっているが、それでも重い武器を運びながらの行軍はつらく、さらに後ろから食糧を牛に引かせてついてくる部隊はもっとつらいであろう。どこまで南下するのか、いつ戦うのか、それは許博文にはわからない。


渭州から一万二千の兵を率いて北西に出発した宋軍は、二日目に早くも張家堡（ちょうかほう）と呼ばれる小さな村の付近で西夏軍に遭遇した。西夏軍本隊の別動隊かと思われたが、戦いを交えると敵はさほど勇猛ではなく、宋軍は簡単に押し戻した。西夏軍は一路西に逃げた。彼らが逃げる先に本隊がいるかもしれない、うまくすれば陣形を整えていない状態かもしれず、攻めるには好機だ。任福は逃げた西夏軍を追った。

渭州に向けて南下している李元昊のもとに早馬が駆けつけた。渭州から一万を超える宋兵が出陣し、李元昊が罠として配置した兵との戦いで小競り合いをしたあと、偽って敗走した西夏軍を追って一路西に向かっているという。李元昊の目の奥が光った。渭州に向けて南下している全軍の行進を直ちにやめ、西への進軍を命じた。それも全速力で。

許博文は、全速力で西へ進軍との命令を聞いて心が高ぶった。間もなく戦いが始まる。烏池の故郷から一緒に来た兵士たちも頬を赤くしている。河西回廊での戦いは砂塵が渦巻く平原であったが、今度は黄土(こうど)高原の山中で激しい起伏の地形だ。どんな戦略が練られ、どんな命令が下りてくるのであろうか。ともかく重装備の騎兵に遅れまいと小走りで歩を進めねばならない。

任福が西夏の兵を追って三日目の朝、軍の先頭は好水川(こうすいせん)と呼ばれる小川が流れる谷間に差しかかった。左右にはかなり高い山が連なり、どうやらこの谷間を抜けると平野が広がる地形のようだ。前方を偵察に行っていた斥候三人が、いずれも何か大きな箱のようなものを抱えてこちらに走ってくる。見慣れない長細い薄茶色の箱である。

「それはなんだ」

息を荒らげている斥候に向かって任福が問うた。

「わかりませぬ。これは泥を固めて作った箱で、小さな穴がいくつか空いていますが、中は見えませぬ。ただ、中で何かが鳴くような音がします。敵が何かを仕掛けているのかと思い、お持ちしました」

　任福は迷った。今までまったく見たこともない箱で、一抱えもある大きさである。泥を固めて作っているが中は中空のようで、何か音がする。しかし、危害を加えるものとも思えない。

「槍の柄でつついて壊せ」

　任福は命じた。地面に置いた箱を、兵士が早速槍の柄で二、三度ごつごつとつついた。泥を固めた箱は音を立てて破れたが、驚いたことに中からは鳩が一斉に飛び立ったのだ。それも数羽ではない。三つの箱からは数十羽の鳩が羽音を激しく上げながら、青い空に向かって舞い上がった。一瞬仰け反り(のぞ)ながら鳩の飛翔を見ていた宋の兵士は、鳩の足に何か竹の筒のようなものが付いているのを見た。鳩は前後して飛び上がったが、上空に行く途中でまとまり、旋回しながら大きな固まりとなってさらに上空に向かって飛んでいく。足につけた竹筒からであろうか、ヒューヒューと高い音が谷間にこだまする。

許博文が属する神臂弓の部隊がこの谷間を挟む尾根に到着したのは、前日の夕方であった。

指令官の指示によると、ここで敵を待ち伏せするようだ。従って、この夜から一切火の使用は禁止。音も立ててはならず、尾根の谷側に姿を出してはいけない。まったく静かな状態で敵を待て。そして谷間から鳩が飛び立ったら、鳩が旋回する場所を目掛けて集結し、戦闘を開始する、との指示であった。鳩がなぜ飛び立って、それがなぜ攻撃の合図なのかは、許博文の知るところではなかった。ただ、夜に火が使えないのがつらい。蒸したあとに乾かした稗（ひえ）を懐から出してぼそぼそと食べるしかない。夜は冷える。多くの兵士は尾根の斜面で横にもなれず、膝を抱えて目をつぶった。

明け方の薄い霧が晴れ、日が少し高くなってきた時、谷間の西の方角から突然鳩の群れが青い空に向けて飛び出した。ヒューヒューという笛のような音も聞こえる。指揮官が大声で西に向かって走れと叫んだ。神臂弓部隊は一斉に尾根道を上がり、西を目指した。許博文が谷間に目を転ずると、谷底の道を東と西から西夏の騎兵が土煙を上げながら、宋軍に襲いかかろうとしている光景が見えた。

任福の軍は、鳩が飛び立つ意味を瞬時には理解できなかった。しかし、ヒューヒューという笛の音が響くのを聞き、これは西夏が襲撃を開始する合図に違いないと悟った。慌てて陣営を立て直そうとした矢先、東と西から真っ黒な固まりが押し寄せてきた。黒の装束に鉄の鎧で身を固めた西夏の兵士が、同じく鉄の鎧を身につけた馬に乗り、全速力で宋軍に向かってくる。黒鷹子だ。よく見ると馬上の西夏の兵士と馬は鉄の鎖で結ばれている。万が一敵の攻撃で傷ついてもすぐには落馬しない。宋軍は歩兵が主体で騎兵は少ない。瞬く間に宋軍は態勢を乱され大混乱に陥った。槍や刀で応戦するも、鉄の鎧ではね返される。宋軍の陣形が大いに乱れた時、西夏の黒鷹子がさっと東西に散った。なんだ、と一瞬思った矢先、今度は谷の両側の稜線から無数の矢が飛んできた。矢は上に向かって飛ばすとその勢いを減ずるが、下に向かって放たれるとその威力は倍加する。宋軍の鎧も強固であるがそれを貫く勢いで降り注ぎ、兵士はばたばたと倒れだした。任福は敵の策略に落ちたことを悟ったが、歴戦の勇士である彼は血路を開こうと奮戦した。

許博文の部隊は三組に分かれており、一組が十名で構成されている。神臂弓の弦をきりりと引き、矢をつがえ、敵に向けて的を合わせ、司令官の撃てという命令を待つ。撃ち終わればすぐさま後ろに下がり、次の矢をつがえる。河西回廊の平原での戦いの時には、敵が三百歩の距離に近づいた時に、矢を斜め上方に放った。矢は大きな弧を描きながら三百歩先の敵陣に落ちる。ただ風もあり、斜め上方への角度の調整が難しい。少しの違いで敵の前や後ろに落ちる。ところが山の尾根から眼下の敵に矢を放つ時には、弧を描く割合が少ないことから、矢はほとんどまっすぐ敵に向かう。狙いを定めた許博文の矢は、ほぼ敵の背や腰に命中した。

三列目の後ろに回った時、許博文は視線を眼下の敵から向かいの山の稜線に移した。そこには大きな旗を持って右に左に動かしている兵士が見えた。その横には兜をかぶり、太陽に輝く鎧をつけた男が旗を持った兵士に命じている様子がうかがわれた。あれが李元昊様だ、許博文は理解した。その後の戦闘の合間に旗を見ると、ある時には左右に、ある時には上下に動く。あの旗で各部隊に指揮しているのは間違いない。

その時、旗が急に違う動きを始めた。許博文の指揮官は神臂弓の部隊に打ち方やめを指示した。すると、見る間に別の稜線から黒装束の男たちが谷間目がけて坂を駆け下りていく。手には短い刀を持ち、鎧はつけていない。その足取りは許博文が見ても驚くほど速い。西夏の国土の西の山岳地区に住む部隊という。彼らにとって山道の坂を上下に走り回るのは、幼いころから慣れ親しんでいる技で、まったく苦ではないという。その軽快な黒装束部隊は、混乱しつつもまだ負傷していない宋軍の兵士に刀で襲いかかった。鎧を身につけているかどうかは、上り下りが激しく、足元が不確かな山岳地帯で決定的な優劣の差を生んだ。西夏軍の騎馬と神臂弓にやられず生き残った宋軍は、軽々と飛び回る西夏の歩兵の前でばたばたと倒れた。

任福は戦局の決定的な不利を悟った。勝ち目はない。とはいえ、これ以上の損害を出すわけにはいかない。なんとしても一定の兵力を保ちつつ、この場を切り抜けねばならない。どこに向かえばいいのか、馬上で見渡しながら押しかかる敵に応戦していた。

許博文の神臂弓部隊三十名は、突然谷間に下りて西に向かうよう指示された。西に向かう谷間の道の先には、南に曲がる細い道と、さらにその先にある北に曲がる広い道があることは尾根から見てわかっていた。広い北の道を行けば平原に下る。細い南の道の先はわからないが、少なくとも平原ではない。谷間に下りて再度神臂弓で攻撃をかけるのだろう、部隊の皆はそう思いつつ谷間に急行した。

下りてみると惨状は目を覆うばかりである。ただこの先で黒装束の味方兵士が戦っているところに矢を打ち込むわけにはいかない。どういう指示が来るのかと思っていると、尾根の旗を見ていた司令官が怪訝な顔をしている。そして何かを確認している様子だ。しかしすぐ部隊に命令が下った。さらに西に向かい、南の細い道に入れ、とのことである。命令の意味が許博文にはわかりかねたが、詮索する猶予などありはしない。一路細い南の道に向かって走りだした。

馬上で戦闘を続けていた任福は、部隊にどう撤退を命ずるべきか考えていた。西か東にしか行く道はない。どちらがいいか。その時、西の方角に走っていく西夏の軍の姿が見えた。この地を知っている西夏の兵士が向かう方角こそ、脱出できる道だろう、任福は瞬時にそう理解し、あの西夏の小隊を追えと指示した。

南に向かう細い道は曲がりくねっており、両側は切り立った岩の壁だった。前方が見えないが、明るいので広い道に出るのであろう。許博文の神臂弓部隊は誰もがそう思いながら走った。しかし、両側の壁が切れた時、眼下に映ったのは数十丈もあろうかと思われる断崖であった。目の下には好水川の流れが小さく見える。崖を下りる獣道もない。引き返すしかないと判断した時、任福の敗残兵が襲ってきた。許博文の部隊はわずか三十名、神臂弓を持つ以外は小さな刀しか持っていない。それでも両軍が戦いを始めようとした時、任福軍の後ろからさらに大勢の宋軍が押し寄せてきた。それも必死の形相で押しかけてくる。押され押されてまず、許博文の神臂弓部隊が耐え切れず崖から落ちた。その後からは宋軍が刀を持ち、槍を持ち、断末魔の声を上げながら次々と崖から落ちていった。

李元昊は退却する宋軍を西に追った。同時に西の端から北に向かう道にはあらかじめ精鋭部隊を配置し、北の道からは逃げられないようにしておいた。従って、任福の軍は南の細い道に行くしかなかったわけであるが、許博文の神臂弓部隊に先にその道に逃げ込むように指示したのであった。

どのくらい時間が経ったのであろうか。許博文は大きな岩の間で薄目を開けた。太陽はずいぶん西に傾いたようだ。いったい何が起こったのか。そう、南の道に向かったのだ。崖があったような気がするが思い出せない。右の耳が変だ。耳のそばにあった右手で触ると、べっとりと血が付いている。少し固まっているようだが耳からまだ出てくる気もする。体を動かそうとするがまったく動かない。腰も肩も骨が折れているらしい。近くから遠くから人が呻（うめ）く声が聞こえる。烏池の白い光景が一瞬脳裏に浮かんだ。徹元の顔がゆがんで瞼に浮かぶ。そうだ、戦いだったのだ。なんでこんなことになってしまったのだろう、なんで、と思いながら瞼がどんどん重くなる。ゆっくり閉じた。もう一度目を開けよう、もう一度、と思いながら、徐々に頭の中が暗くなっていった。

十四、講和のあと

西夏と宋朝の戦いは続いた。しかし、一度も戦果を挙げられない宋朝では、次第に厭戦(えんせん)の気分が濃くなってきた。

一方の西夏の国内でも疲弊が進み、耕作地は荒れ、怨嗟(えんさ)の声が広がった。双方は歩み寄り、一年を超える交渉の末、慶暦四(一〇四四)年十月、講和の協議がまとまった。焦点は〝皇帝〟の扱いである。双方が妥協した内容は、西夏の国内での〝皇帝〟の称号の使用について宋朝は黙認する。しかし、対外的な使用は行わない、というものであった。

併せて、西夏は宋朝に対し臣下の礼をとり、宋朝から毎年多額の金品を賜ることとなった。賜るということで形式上は宋朝を立て、実質は西夏が宋朝から戦勝の見返りを受けるものであった。その金品とは絹十三万匹、銀五万両、茶二万斤であり、これは西夏の国力から見ても巨大な額であった。

四年も戦闘が続いたことは、杜宇俊の商売を変質させた。解池の塩を扱い、軍の兵站を担うことで家の富はかなり増加した。塩を売る店も増やし、昨年は父と祖先を祀る祠堂を建てた。

しかし、杜宇俊の心の中は空虚であり、何か満たされない。その理由の一つには人々が彼に投げかける視線である。かつて彼らはにこやかな顔を彼に向けてくれた。今は視線をそらされるか、あからさまに軽蔑のまなざしを向けられる。悪徳商人を見る目付きだ。杜宇俊も解池の塩をなるべく低廉で売れるように努力はしているのだ。しかし、延州で受け取る交引は減るし、軍に納める飼葉の仕入れ値も上がる。西夏との戦争が始まってからというもの、損が出ないようにぎりぎり値を決めても一斤八十文はする。これでは民の懐はもたないと思って一時一斤六十文に下げたが、それでも民の目は冷たい。いつまでも赤字を続けるわけにいかず一斤八十文に戻すと、目はさらに厳しくなる。青白塩は烏池に行けないため扱うことができない。そんな日が続く中、西夏と宋朝との講和が成った。

「もう一度烏池に行こう」

杜宇俊は思った。

西夏と宋朝との戦争が終わったあと、街には軍を解かれた男たちが溢れた。宋朝にとっては、西夏との講和が成った以上、いつまでも八十万人を超える軍人を雇っている余裕などない。まず、十五万人の兵士が首を切られた。彼らの出自の多くは、農村の次男、三男で故郷に帰っても田畑があるわけではない。勢い大きな町に仕事を求めて集まる。しかし、町にもそれほど多くの仕事が転がっているわけではない。結果は浮浪者の増加となった。

この社会変化にいち早く反応した男たちがいた。宋朝で不正を働き職を失った役人や科挙の落第者など、頭はいいが宋朝に不満を持っている者たちだ。彼らは街のたまり場で浮浪者を集め、仕事があると言っては人里離れた小屋に連れていった。仕事とは塩の輸送である。正規の許可証を持っているわけではないので、かなり手荒なまねをしながらの仕事であり、それには軍を解かれた浮浪者が適役であった。

杜宇俊の舟は、塩を運ぶ許可を記した旗を掲げている。従って、検問所では交引と運んでいる塩の量の確認のみであり、それも鼻薬をきかせているため厳密なものではない。しかし、正規の許可を持っていない舟が塩を運んでいるのを見逃せば、検査をする役人もとがめられる。捕らえねばならない。

そこで、許可なしで塩を運送し始めた連中は、武力で検問所を突破しだした。屈強な男たちが手に刀や槍を持ち、威嚇しながら舟を進める。検問所の役人も多少の武器は持っているが、彼らに対抗できるほどではない。さらに彼らは正規に塩を運んでいる舟をも襲い、塩を強奪した。塩の入手と運送には手荒な手段を講じたが、売るほうでは各地の塩商人と結託し、正規な塩の流通に混ぜて売る。売る段階での偽装工作とも言えるやり方もあり、宋朝にとってはなかなか組織の全貌が捉え難い存在となった。市井の人々は彼らを塩梟（えんきょう）と呼んだ。

慶暦五（一〇四五）年の春、杜宇俊は烏池を目指した。三十三歳になっていた。北洛河をさかのぼるのは七年ぶりであろうか。かつて一緒に行った仲平は酒を飲みすぎて体を壊し、最近元気がない。今回は若い仁季を連れてきた。

烏池に着いた杜宇俊は真っ先に許博文の家に向かった。息子の徹元が迎えてくれた。あのころの少年の風情は消え、すっかり大人となっている。杜宇俊が父親のことを聞くと、戦死したとの答えが返ってきた。あまり多くは喋らないが、徹元も父親を亡くしてさぞかし苦労しているのであろう。

「おばば様に会いたい」

杜宇俊が徹元に伝えると、

「青白塩の取引のことでいらっしゃったのですね。おばば様は一昨年亡くなりました」

との答えである。会話は続いた。

「それではどうすれば」

「おばば様の息子も病気で亡くなっておりますので、今は孫の可欣が烏池の塩の采配を握っています。お会いになりますか」

「ぜひ会いたい」

その夜、徹元に案内されて杜宇俊は可欣の家に向かった。可欣の家といっても、それはかつて杜宇俊がおばば様に会いに行った家である。そういえばその時少女が茶を入れてくれたが、あれが可欣か。杜宇俊は記憶をたどりながら可欣の家に着いた。おばば様は足が不自由だったようで、椅子に座ったまま迎えてくれたのだったが、可欣は入り口で頭(こうべ)を垂れて杜宇俊を迎えてくれた。可欣が頭を上げて杜宇俊の目を見た時、杜宇俊は言いようもない衝撃を受けた。

「美しい」

一瞬頭の中が白くなるほどの驚きであった。すらりとした体つきに、頬からうなじにかけて透き通るような白い肌が目に眩しい。細い柳の葉のような眉の下に、黒い小さな瞳が光る。杜宇俊にも三十三歳になるまで周りからいろいろ縁談の話はあった。父親が存命であれば、親の一存で相手を決められていたかもしれない。しかし、母親は結婚に関してそれほど強くは言わず、結果として三十三歳まで独り身で暮らしてきた。町の妓楼(ぎろう)にも足を運んだことはあるが、そこで溺れることもなかった。

烏池の塩の采配を握る可欣との話は上の空だった。いくらで値を決めたかもよく覚えていない。ただし可欣は徹元と幼なじみであったようで、徹元を救ってくれた杜宇俊には好意的な態度で接してくれた。徹元の家に戻った杜宇俊は彼に頼んだ。

「明日帰るつもりでいたが、もう一晩泊めていただけないか。烏池の様子を見たい」

　翌日、烏池の見学はざっと済ませ、杜宇俊は再び可欣の家に向かった。可欣は予期しない訪問に驚いた様子であったが、家に入れてくれた。鄭文静からもらった旅のための薬が数種類杜宇俊の手元にあり、それを昨日忘れた土産として可欣に差し出すと、彼女はうれしそうに受け取った。杜宇俊は聞いた。

「徹元のお父さんがこの間の戦いで亡くなられたそうですね。徹元もあまりこの件では話したがらない様子でした」

　一瞬、可欣は口ごもったが、

「とても残念なことでした」

とだけ答えた。杜宇俊が西夏と宋朝の戦いの間、どのような生活を送っていたかを話すと、可欣はじっと聞いていたが、徐々にある感情が溢れてきたようで、突然話し始めた。

「宋朝との戦いは、烏池に住む私たちに大きな不安を与えました。ご存じと思いますが、この地で塩を作る者たちの先祖は、かつて中原から流れてきた者たちです。塩の技術を持っているため、この地に定住できたのです。世代が何代も代わる中で、西夏の国情になじみ、西夏のために塩を作り、戦いがあれば西夏のために戦ってきました」

視線を斜め下に落としながら、可欣は話し続ける。

「戦争があれば、そのさなかに命を落とすことはあります。それは男も女も皆知っております。しかし、好水川での戦いで烏池から出た男たちがほぼ皆死んだのは、どうやら普通の死に方ではなかったようなのです。敵を欺くために誘い水のように崖に向かって走らされ、敵と一緒に落とされ皆殺しにされた。一人だけ助かった男からそのような報告を聞きました」

「それはむごい」

「戦いを指揮した李元昊様については、いろいろな噂がございますが、なかなか人を信ずることができないお方のように思われます。西夏の国は党項族の人間だけでなく、回鶻の者も、あるいは遼や、宋から流れてきた者もおります。普段の生活ではその違いをほとんど意識しておりませんが、宋朝との戦いとなると、出自が中原の地である私たちはいつ反乱を起こすかわからない、戦いの中でうまく処理してしまえばいい。李元昊様はそう考えているのではないか。私たちはそう思うようになりました」

　可欣は言葉を切り、顔を上げ、杜宇俊の目を見た。

「そうですか。今のお話を伺うと、徹元の表情が暗いのもよくわかりました」

　杜宇俊は答えながら、今日見た烏池の光景を思い出した。そういえば男の数が少ない。かなり重い労働を女がやっている。単に戦争があったという理由だけではないのか。

「私たちは今さら中原の地に戻るつもりはありません。しかし、西夏の土地では何かあると西夏の人間と見なされない。まるで根無し草です」

　可欣は細い声で言葉を添えた。

　別れの挨拶をして可欣の家を出た杜宇俊は、可欣の最後の言葉を思い出しながら歩いた。細い声だった。しかし、悲しみや諦めの口調ではなかった。何か芯があり、硬さのある響きだった。

十五、塩梟 王雲嵐

「棚は乾いた布でしっかり拭いてから、塩嚢を載せろ。水気にやられたら塩は一発で終わりだ」

塩嚢を担いで倉庫に入ってきた男たちに王雲嵐（おううんらん）は念を押した。先月続いた長雨で蔵の中は湿っていて、かび臭いにおいも漂う。

「あの時も、時ならぬ雨が続いて城砦の中は湿っていましたなあ」

蔵の奥で帳簿を整理していた孫浩（そんこう）が声をかけた。

「あの時とはいつのことだ」

「定川（ていせん）の戦いに出る前に、ずっと渭州の城砦で待機していた時ですよ」

このところ密売している塩の量が増え、数年前のことなど思い出すこともなかった王雲嵐も、言われてみれば、この蔵の中はあの時の城砦の内部と何か似ている、と思った。そうだ、この湿った空気のにおいだ。左の太腿の古傷はこんな時に痛みだす。ふと手を休めながら、宋軍の一兵卒として戦った日々を思い出した。

王雲嵐、生まれは蔡州（現在の湖北省棗陽市西南の町）の農家で、今年四十歳を迎える。三男だったので、早くから家を出る算段をせねばならなかった。そんな時に町の角で見た張り紙が、軍人の募集であった。これで食えると思った王雲嵐は、親に相談もせず役所に駆け込み申し込んだ。戦争とはどんなもので、兵は具体的に何をするかはよくわからなかったが、小さいころから体は丈夫で、けんかにはめっぽう強いほうだったから大丈夫だろうと勝手に思った。軍に入り、槍や弓や刀の訓練を受けたが、たいした苦労もなくこなし、何よりも朝晩飯が食えるのがうれしかった。

二十八歳の時、西夏に対する守りの城砦である渭州へ行くこととなった。長い道のりを歩き、渭州に着いてまず驚いたのが、気候風土が故郷の蔡州と大きく違うことであった。空気が極度に乾燥している。大きな河はあるが、田はない。山の斜面には牧草地が広がり、白い羊の群れが緑の草むらに点在する。平野というものがない。このような地形でどのような戦闘が起こるのか、それが王雲嵐のまず初めの関心事であった。

慶暦元（一〇四一）年の冬、突如命令が下りた。西夏の軍が南下し、その先鋒と見られる部隊が張家堡まで来ているらしい。その西夏軍を追って、西夏軍の本体を挟撃するための出陣である。

　王雲嵐はいよいよ戦いかと身構えたが、実際に出陣した軍勢は、渭州に駐屯する宋軍の一部で一万数千人のみであった。宋軍の本体は敵を挟撃するため渭州に残すという。王雲嵐は渭州に残ることとなった。相手を挟み撃ちにする戦いが実際に起こるとなると、あと十日以内だなと思って城内の訓練を続けていたが、一向に出陣の命が出ない。そのうち、司令官たちが慌てだし、あちこちでひそひそとささやき合っている。何か異変が起きているようだ。

　兵士の間にも噂が流れだした。先に出陣した宋軍の一万数千人の兵と将軍は、好水川という地の戦いでほぼ全滅したという。さらに噂は続く。宋軍は西夏軍の策略に陥り、戦闘で負けたのではなく、退路を進むうちに断崖から突き落とされたらしい。なんということだ。敵の刃（やいば）に討たれるのならまだわかるが、断崖から落とされたとなると明白な作戦負けだ。王雲嵐は、軍人になって飯は食えるとは思ったが、自分がそんな無様な死に至るだろうとは考えてもいなかった。自分の考えの甘さに舌打ちしたが、同時に西夏に対する恐れのような気持ちも抱き始めた。

　同じ年の秋、西夏は宋朝の北部の基地である麟州（りんしゅう）と府州（ふしゅう）（現在の陝西省北部の神木（しんもく）および府谷（ふこく））を襲った。この消息は時を移さず渭州にも伝わった。しかし西夏の作戦は功を奏さず、一進一退の戦いのあと、西夏軍は撤退した。だが、いつどこで西夏との戦闘が起きないとも限らない。そのような状態で慶暦二（一〇四二）年の秋を迎えた。

再び西夏軍が南下してきた。渭州の宋軍は、ほぼ全部隊が北に向かって移動を命じられた。渭州は涇川（けいせん）に面していたが、川をさかのぼった先に瓦亭という名の城砦があるという。王雲嵐の属する部隊は、川沿いの細い道を二日かけて登り城砦に着いた。両側より山は迫り、谷は深く、古（いにしえ）より北への守りの要であるとのことだ。たしかにそのような地形ではあるが、現在の砦は、粗末な造りで夜になって横になる隙間もないほどの狭さであった。

当初は、この砦で南下してくる西夏軍を阻止するとのことであったが、数日後、さらに北進して敵を討つという命令に変更された。指揮官は葛懐敏（かっかいびん）という将軍であるが、どうも決断が簡単に変わるらしい。

涇川の渓谷を登りきって、峠から北を眺めた景色は王雲嵐にとって忘れられないものであった。まず、六盤山（りくばんざん）の雄姿が目に飛び込んできた。峨々（がが）たる峰々が北に向かって連なり、眼下には細い流れが北に向かっている。清水河（せいすいが）という名だそうだ。まだ九月であるのに、渓谷は枯れた薄茶色の草で覆われ、緑の色がまったく見えない。吹き上げてくる風も冷たい。なんと荒涼とした谷だ、こんなところにも人は住むのか、と王雲嵐は思った。

部隊は川沿いの道を下り、鎮戎軍(ちんじゅうぐん)という名の城砦に向かった。数日後、鎮戎軍の近くまで来た時、周囲が俄かに慌ただしくなった。宋軍の軍馬がひっきりなしに前方から駆けてくる。すぐ近くで敵に遭遇したか、すでに戦いが起こっているかであろう。軍の一部はそのまま鎮戎軍に進み、そのほかの部隊は北西にある定川の城砦に進むよう命じられた。

王雲嵐の部隊は定川の城砦に向かい、夕刻到着した。上弦の月が薄青い東の空に見える。雲が北から南に走り、強い風が梢を揺らす。明日はこの先に陣を構えている西夏軍と戦うことになるらしい。いよいよだな、と王雲嵐は腹を決め、武具を身にまとい、刀を手にしたまま砦の壁に寄りかかって軽い眠りについた。ほんの一時眠っただろうか、突然馬のいななきで目を覚ました。

暗いはずの砦の中が何か明るい。ぱちぱちと木の爆ぜる音がする。火だ。周りに火をつけられたのだ。砦の壁の隙間からも風に煽られた煙が入り込んでくる。城砦には見張りをつけていたはずだ、と王雲嵐は思ったが、同時に部隊がここまでの道案内を近くの部族民に頼んでいたことを知っていた。ひょっとしたら彼らに夜の見張りの一部を頼んでいたのかもしれない。簡単なことだ、あいつらが西夏軍に通じていたのだ。しかし、

味方の兵は全員目を覚ましており、すでに城砦の壁に登り矢を撃ち始めている。しかし、夜の暗闇では矢で敵を倒すのは難しい。そのうち、城砦の内部にも火がつき始めた。黒い煙も襲ってくる。指揮官は門を開けて外へ出ろと命じた。出るしかないだろうな、と王雲嵐も思ったが、戦うのか逃げるのかはっきりしない。来た道は知っているが、先に行く道は知らない。指揮官は来た道に行けと命じている。

そうか、逃げるということだなと理解し、王雲嵐も走りだした。ところが下って間もないところにある橋までたどり着いてみると、橋は壊されており、暗闇から川の激しい流れの音が聞こえる。やられた、と思った時、左右の崖から西夏軍が襲ってきた。黒い服を着ている。鎧は身につけておらず、飛ぶように襲ってくる。宋の部隊は大混乱に陥った。王雲嵐は、突如目の前に現れた西夏兵に切りつけられたが、間一髪かわすことができた。あとは敵味方入り混じった壮絶な白兵戦となった。夕刻出ていた月は雲に隠れ、時々松明（たいまつ）に照らされた敵味方の影が激しく揺れ、刃を交わす音が響く。

とその時、前方から馬が駆けてきた。味方の馬のようだ。人が乗っているが、鞍の上で前に傾いているのか、よく見えない。瞬く間に接近した馬を見上げると、味方の副指揮官らしい装束に身を固めた男が、肩を矢で射られ、首の辺りから血を流している。手綱は持っているが、手はだらりと下がっている。王雲嵐は馬の前で手を広げて止め、鐙（あぶみ）に片足をかけると鞍の後方に飛び乗った。馬上の男は意識を失いかけているがまだ生きている。男から鞭をとって馬の尻に当てた。

その時、左足の太腿に鋭い痛みを感じた。槍だ。槍に刺されたのだ。左を見下ろすと、黒い戦闘服に身を固めた西夏兵の二つの目が暗闇に光る。王雲嵐は馬上から相手を刀で切り、左手で槍を抜いた。鮮血が噴き出したが構わず、橋があった場所の近くまで馬を駆った。暗闇の下方からか川の流れの音が聞こえる。どうすればいいのかと思った時、雲間から月が現れ谷間を照らした。橋の上流の両岸にややなだらかな斜面があり、そこを使えばなんとか馬でこの川を渡れる。そう判断した王雲嵐は再び馬に鞭を入れ、斜面を下り清水河の上流に飛び込んだ。

対岸に駆け上り、王雲嵐は月の薄明りを頼りに、昨日まで来た道をひたすら引き返した。下る坂道が徐々にゆるくなってきた時、東の空が少し青みがかってきたのが見えた。同時に右手の小山の麓に羊を放牧させるための小屋らしきものが目に入った。

先ほどから走り続けてきたが、その間敵の姿は見えない。ひとまず、あの小屋に入ろうと馬を進めた。今は使われていないことを確認し、下馬し、前にもたれかかっていた男を下ろし、小屋に担ぎ込んだ。自分が刺された腿の槍傷からはまだ出血しているが、それほどの量ではない。助けた男の出血のほうがひどい。顔色は蒼白だ。裏に小川があったので、布切れに水を浸し、自分と男の傷を手当てした。その時、男の口元がかすかに動き、薄目を開けた。

「どこだ」

弱々しく尋ねてくる。

「心配しなさんな。戦場からは離れた。あとは渭州に戻るだけだ」

「あいつらに騙された。司令官には信用できない連中だと言ったのだが」

「そんなことだろうと思っていた。それより、ここでひと時だけ休んで渭州に向かうが、大丈夫か」

「おれはどうやらだめそうだ。でも渭州に連れていってくれ。死んだら、五体のまま埋めてくれ。ここに休んでいると西夏の軍に襲われ、首を取られるだろう」

男の唇は渇き、茶色を呈している。王雲嵐が見ても、たしかに無事に生還ができるかどうかわからない。生命を守るなら、できるだけ安静にしていたほうがいいだろう。しかし、帰らねばならない。大雲嵐は男に元気をつけるために言った。

「人間死ねば首があろうとなかろうと同じだ。それより、なんとか渭州までがんばることだ」

「いや、なんとしても首を体につけておいてくれ。西夏の軍規は厳しく、戦いの恩賞を得るには敵の首級がいる。おれも昔はどう死のうと同じと思っていたが、最近はあの世というものがあるかもしれないと考えるようになった。そうしたら、途端に五体のまま死にたいと思うようになった」

弱々しくも最後はにやりと笑って話したので、これなら大丈夫と思い、ひと時まどろんだあと、再び男を馬の後ろに乗せ、渭州への道を急いだ。時々背中から、

「故郷の空が見える」

と呟く声が聞こえた。しかし、渭州に着いた時、男はすでに息をひきとっていた。

その翌日から傷ついた味方の兵が一人、二人と放心状態で戻ってくる。もう部隊の体は成していない。負けたのだ。それも完膚（かんぷ）無きまでに。戦いとは勇者が晴れがましく相まみえるなどというものではなく、こんなにあっけなく、それもむごたらしく行われるものか。王雲嵐は男を丁重に土に埋め、傷で腫れあがった左足を引きずりながら考えた。

「そうだ。おまえも定川でさんざんやられたんだな」

王雲嵐は塩嚢が積まれるのを目で追いながら、孫浩に声をかけた。

「ひどい戦いでしたね。あれは指揮官の葛懐敏が功を焦るあまり北への進撃を命じたのが間違いで、本来は瓦亭の城砦で南下してくる西夏軍を迎え撃てとの命を受けたのに、渭州から出陣したそうですよ。その作戦がうまくいっていれば、親分の左腿も槍で刺されず、わしの右足もなくならないですんでいたのに。ばかな指揮官だ」

そう、あれは定川の戦いが終わった翌々年だ。宋と西夏の和睦が成立したという。そしてもう戦いはない、ということで宋軍は大幅に縮小され、兵は体よく巷（ちまた）に捨てられた。王雲嵐もある日突然、軍役を解く旨の通知を受けた。急におまえはいらないと言われて故郷に帰っても、田畑があるわけではない。何か仕事を探さねばならない。

王雲嵐は都の開封に出た。たしかに仕事はいくつか見つかったが、兵あがりであることを告げると、どこでも嫌われた。曰く、粗暴だ、目付きが悪い。曰く、文字もろくに読めず、計算もできない。王雲嵐は心底腹立たしさを感じた。都がこれだけ平和な日々を過ごせるのは、北の守りを担う兵士がいるからではないか。それが兵を解かれた途端、白い目で見られるのは我慢がならない。憤懣（ふんまん）やる方ない気持ちで開封の町をさまよい、虹橋（こうきょう）に近づいた時、犬が激しく吠える声を聞いたのだ。近づくと右足のない男が橋のたもとで物乞いをしている。戦場で傷ついた者のようだ。それをどこか行けと言わんとばかりに犬をけしかけている男がいる。思わず近づき、その男の顔に拳をぶち込んだ。そして右足のない男の肩をとり、近くの茶屋に連れ込んだ。話を聞くと定川の戦いで右足を失ったという。それが孫浩だ。王雲嵐は槍傷で窪んだ左足の腿を見せ、孫浩の肩を抱いて泣いた。本当に腹の底から泣いた。そして思った。よし、この社会で生き残ってみせようと。

開封の町には軍を解かれた男たちが溢れていた。宋朝は退役した軍人の一部を倉庫の警備などで雇ってくれたが、多くの軍人が職を得ることができず、途方に暮れている。王雲嵐が声をかけると、二十数人が彼の周りにすぐ集まった。場末の廃寺の銀杏(いちょう)の木の下で、これから食うための算段を全員で話し合っていた時、解池の塩をよく知っている男が、塩の密売を始めたらどうかとの話を持ちだしたのだ。厳重に管理されている塩の生産であるが、地元の人間はこっそり持ち出す抜け道を知っているという。

舟運に詳しい男もいた。ぼろ舟でもいいから、一艘手に入れれば塩は運べるという。右足をなくした孫浩は驚くほど計算に強かった。いくらで手に入れたものを、いくらで売って、男たちにいくら払えばいくら残る、こういう計算をたちどころにこなして帳簿を作ってしまった。

まずやってみるかと手分けして始めてみると、なんとか解池の塩を相州（現在の河南省安陽市）まで運び、売りさばくことができた。よしできる、皆で食うことができる、王雲嵐は塩をやろうと決めた。それから人手も増えて、扱う塩の量も多くなり、いつの間にか推されて王雲嵐は親分とか棟梁とか呼ばれるようになった。

ある日、王雲嵐は仲間の一人から声をかけられた。

「親分、この仕事はもっと人手がいる。集めなきゃならない。しかし、適当に集めれば、必ず密告するものが出てくる。だから親分に教祖様になってもらって、宗教の集団にしたらどうです。ご存じのようにこの国じゃ、儒教、仏教、道教と一部の場所で回教が認められている以外、そのほかの宗教はご法度だ。邪宗ということで、信仰すれば罪人と同じ扱いだ。だからこの仕事をする人間を、最初にそれなりの儀式で固め、お上が言う邪宗の信徒にしてしまう。背中に彫り物の一つもすればいい。そうすれば、勝手に抜け出ることができない」

たしかに密告は怖い。王雲嵐はその男の話を頭の中で幾度も繰り返し考えた。そして仲間を廃寺の本堂に集め、自分が覇天教の教主となることを告げ、集団に覇天社という名をつけた。背中の彫り物は行わなかったが、大きな盃に水をはり、そこに全員が自分の指に刀を当てて血を数滴落とし、その血が混じった水を小さな盃に分けて一緒に飲んだ。そして、仲間を裏切ったら、どんな罰でも受けるという誓いの言葉を唱えさせた。儀式の最後に王雲嵐は仲間に伝えた。

「これから仕事を進める中では、検問を突破する時など力ずくで行わねばならない場合があるだろう。しかし、人は殺すな。もう人の血はさんざん見ただろう。それに、殺したらより強く取り締まる口実を与えるだけだ」

　塩の仕事をしてわかったことが、いくつかあった。まず一つは都の開封や大きな町の中での塩の密売は難しいということだ。宋朝としても塩を専売としている以上、都の中や大きな町での密売を容認すれば、自らの統治能力を疑われる。そこでは厳しく取り締まらねばならない。罪も重くする。

　反面、地方の小さな町では取り締まりはさほど厳しくない。王雲嵐は塩を売りさばく場所を開封の周辺に位置する孟州（もうしゅう）や許州（きょしゅう）（現在の河南省焦作（しょうさく）市および許昌（きょしょう）市）に移した。

　もう一つは、塩を入手すること、運搬することはなんとかできるが、売ることはかなり難しいということだ。禁制の品である塩を、免許を持たずに店を構えて売るわけにはいかない。とはいえ、一軒一軒売り歩くのは大変な手間で、怪しまれる危険性もある。売り方をなんとか工夫しないと仕事の量は増えない。儲けも増えない。王雲嵐は、免許を持ち正規に塩を販売している商人との結託を考えた。入手している情報によれば、彼らも塩の仕事でさほど大きな儲けを得ていないようだ。塩の販売を行うことには長けているが、運送と貯蔵に問題が生ずると大きな損を生んでいるという。ならば彼らの売る力をうまく利用できないか。

しかし、実際に行動に起こすとなかなか難しかった。接触を持とうとした一人目と二人目の商人は初めから訪問を断られた。しかし、人を介して面会を依頼した許州の商人、鄭秀帆は王雲嵐に会うという。

夕刻、王雲嵐が指定された家の裏庭の木戸を開けると、楡(にれ)の木の下に鄭秀帆は立っていた。

穏やかな顔付きで、五十歳前後であろうか。

「まあ、お入りなさい。人目につかないほうがいいと思いましてな。裏庭から入ってもらいました。霸天社の名前は最近よく耳にいたします。あなたがその棟梁ですか」

「ご無理申し上げ、お会いさせていただきありがとうございます」

「要件はほぼ見当がついております。塩ですな」

「そのとおりです」

「塩をどうされたいのですか」

ほぼ見当はついているということは、全部わかっているが、一応王雲嵐の口からしゃべらせようということだろう。王雲嵐は仕事を始めたいきさつから、塩の販売がなかなか難しいことまですっかり話した。

「そうですか。皆さん、先の西夏との戦いに加わった軍人さんなんですなあ。私の親族にも軍に加わり、その後職を解かれた者がいるのですが、幸い再び宮殿の警護に雇ってもらいました。これはいいほうでしょうな」

「うちらの仲間はあちこち仕事を求めて歩き回りましたが、軍人あがりという理由で嫌われ、路頭に迷っておりました」

「都の人の心は特に薄情だ。いいでしょう。王雲嵐さんたちが手に入れた解池の塩をこちらで売ってみましょう。ただし、うちも商売で、損はできない。ここまで運ぶ手間賃は当然払いますが、それほど高い値で引き受けるわけにはいかない。それから、うちの商売が王雲嵐さんとかかわっていることは知られたくない。受け渡しの場所や方法を詳しく詰めねばなりませんな」

王雲嵐と鄭秀帆は楡の木の下の縁台に腰かけ、話を続けた。細かい話は間もなくまとまり、王雲嵐は深々と頭を下げ、裏庭の木戸をあとにした。戻ってから孫浩に取引の条件を説明すると、孫浩は驚いたように告げた。

「塩の販売を商人に頼むと、こちらの儲けがほとんどなくなると私は思っていたんですよ。今聞いた条件なら、むしろ大変なのは鄭秀帆さんのほうだ。うちらの境遇を哀れんでいただいたんでしょうな。ありがたいことだ」

伸び悩んでいた覇天社の仕事は、それから大きく伸び始めた。

十六、西夏の都 興慶

宮殿の窓から李元昊はひとり賀蘭山（がらんさん）を眺めている。都の興慶のまだ浅い春の空気は肌を刺す。昼近くになると気温はかなり上がってくるが、午後になると毎日強い西風が砂塵を上げて舞う。落ち着いた春の日は、その風がやむまで待たねばならない。

瞼を閉じると浮かんでくるのは幾度かの戦闘の情景だ。二十歳を過ぎたころは河西回廊の土漠とも言うべき荒れ地を走り回り、回鶻の城を次々落とした。三十代では宋朝の大軍と雪の降る中、あるいは照りつける太陽の下で戦った。勝てなかったこともある。しかし、それは次の戦いに臨む挑戦心として自分を燃え立たせた。四十を過ぎる今でも、戦う意欲と蓄積した戦術の知識がある。

しかし、宋朝との戦いを昨年終えて皇帝の位を認めさせ、また一時的に衝突した遼との戦いも終え、もう戦いはない。この感覚はなんだ。安堵より虚脱感か。

もう一つ浮かんでくるものは、排斥し死に至らしめた幾人かの顔である。暗殺を企ててきた衛慕族の山喜、それに関連した実母と妃。そして、宋朝に楯突くことなどやめるべきだと進言してきた山偶惟亮。あいつが、生意気なことを言いだしたので、弟を呼んで兄が謀反を企てていると密告せよと強いて告発させ、殺した。

また、建国から功があった野利遇乞（やりぐうこつ）も信頼できなくなり、宋へ投降するという噂を故意に流して殺した。さらには、自分の後継者にと思い、最初に皇太子とした李寧明（りねいめい）のことである。すっかり道教を信仰し、不殺生だの少欲望だのと言い始めた。こんな男が皇帝になっては困るから考えを変えろと人との接触を禁止したら、自ら命を絶ってしまった。その後、寧令哥（ねいれいか）を皇太子に立てたが、これもどうも頼りなかった。

三十歳を過ぎて始まった頭痛は、こんな日の午後いつもやってくる。

宋朝との講和が成立した慶暦四（一〇四四）年、李元昊は国相の張元（ちょうげん）を病で失った。張元は漢人であったが、建国の時から李元昊を助け、軍事および政治全般の重要な柱であった。その後国相の任を数人に任せたが、いまひとつはっきりしない。

慶暦七（一〇四七）年三月、李元昊は没蔵訛龐（ぼっそうかほう）を国相につけた。実は李元昊は野利遇乞を殺したあと、その妻を奪い、李諒祚という子を得ている。没蔵訛龐はその妻の兄である。この兄と図って李元昊に願い出た野利遇乞の妻は、寧令哥を廃し、自分の子、李諒祚を皇太子につけたのだ。懇願された李元昊は皇太子を替えたが、直後にやや軽率であったかとの念を抱いた。その埋め合わせをと思い、寧令哥にふさわしい妻を探せと配下に命じた。

五月、連れてこられた女は李元昊がはっとするような美しさと気品を漂わせていた。寧令哥の妻として適切かを目通りするはずであったが、それをすっかり忘れ、しなやかな姿に見入った。しばらくして、女が李元昊の皇后となる旨の触れが宮中に出た。


国相を没蔵訛龐に任せたあと、李元昊は日中わずかな国政に携わるほかは、賀蘭山の麓にある別宮に行き、女を侍らせ酒を飲む日が多くなった。酒を飲んですべてが晴れるわけではない。しかし、酒を飲むこと以外に意味のある為すべきことを見いだせなかった。


烏池の可欣の家に四人の男が集まり、声をひそめて話し合っていた。

「李元昊が宋朝との戦いを始める前には、この集落には三百人の男がいた。それが戦いで五十人以上も死んだ。負傷した者も数知れない。女子供に塩の作業がのしかかったが、なんとかここまでしのいできた。しかし、西夏の宮廷からはもっと塩を増産せよとの達しが続いている。もう限度だ」

「塩の生産はなんとか頑張ればできる。しかし心配なのは、また李元昊が戦いを起こさないかということだ。あの男は戦いがなくては生きていけないのだ」

「好水川で部族の三十人が生贄のように殺されたのがなんとも無念だ。敵との戦いならいざ知らず、味方に殺されたのだからな」

「漢人にもなれず、西夏人にもなれず、事が起こればどちらからもにらまれる」

ぐるぐる話が回る中、可欣が口を開いた。

「それでどうするのです」

一瞬沈黙が襲ったが、四人のうちの一人、徹元が口を開いた。

「父の死がなんとも無念でなりません。いくら忘れようと思ってもできません」

そして言葉を続けた。

「仇を討ちたい」

三人の男の視線が徹元の口元に集まった。三人は交互に口を開いた。

「仇を討つということは、李元昊を狙うということか」

「俺は西夏軍に入って内部も知っているし、興慶にも行って宮殿の警備を見たことがあるが、そんなことは夢物語じゃ」

「聞かれたら、この部族ごと殺されるかもしれぬな」

可欣は黙って聞いていたが、話を引き取った。

「今日の話はここまでにしましょう。今の話はいったん忘れてください。でも何か手を講じないと皆の不安はなくなりませんね」

西夏の宮廷の奥の一室で、寧令哥は悶々とした日々を送っていた。皇太子を廃すとの命を国相から受けたのは今年の四月であった。何の前触れもない。李元昊から直接伝えられたわけでもない。その日以降、周囲の自分を見る目が変わった。憐憫の目付きはまだ我慢できた。しかし、軽蔑のまなざしは耐え難い。そしてそれまで近寄ってきた人々が、潮が引くごとく去っていった。そんな折、また突如、皇帝のご高配で縁組がまとまった。事前に一目見たいと、配下に指示して呼び寄せた妻になる女を見て、その優雅な立ち居振る舞いに心を奪われた。ほんの短い出会いであったが、その日以降、婚礼の日を待ちわびるようになった。ところが再び突然、縁組は中止になったという。そしてあの女をなんと李元昊が自分のものにするという。どこまで人の心を踏みにじればいいのか。寧令哥は憤懣やる方ない日々を再び送ることとなった。

誰も来なくなった寧令哥の部屋を訪れたのが、国相の没蔵訛龐であった。皇太子を降ろされた裏側には、没蔵訛龐が絡んでいるはずと思っていた寧令哥は、彼に憎しみの感情を抱いていたが、妻になるはずの女を李元昊に取られた怒りと誰も来ぬ寂しさから、徐々に彼を受け入れた。

「さぞかしお悔しいでしょう」

没蔵訛龐は夜になると酒を運んで、寧令哥の愚痴ともつかぬ話に付き合った。併せて、最近李元昊は賀蘭山の別宮にいることが多く、戦いも終わったからということで、身辺の警護もあまり厳重につけていないことを、それとなく寧令哥の耳に入れた。

十七、范祥の塩政改革

宋朝の宮殿の奥では范祥（はんしょう）を中心として、六名の官僚たちが塩政を論じていた。皆三十代から四十代の宋朝選りすぐりの逸材である。

時は慶暦八（一〇四八）年の春であった。西夏との長い戦いが終わった今、なんとしても民心を平穏に戻さねばならない。街には浮浪者が溢れ、かつての華やかな開封の雰囲気は失われてしまった。

民の不満の種はいくつかあるが、その一つは生活に必要な品々の価格が高騰したことである。特に塩の価格が高い。日常の食事で使う塩の量はさほど多いわけではないものの、冬に向かって野菜を漬け込む時には大量の塩がいる。川でとれる草魚や鯉を保存しておく時にも塩がなくては何もできない。塩の価格を下げ、安定的に供給できる仕組みを作らない限り、いつ宋朝に対する反乱が起きるかわからない。

議論の中で手を挙げた者がいる。薛利興（せつりこう）である。

「まず北辺の軍事基地において商人から飼葉や食糧を受け取った時、交引を発行する仕組みを変えるべきでありましょう。商人は食糧の補給を常に心配する軍の弱みを知っております。従って、彼らは仕入れた値の何倍にも増した価格分の交引を受け取っております」

「それでは再び民を徴集して物資を運ばせるのか」

「いえ、それは民の不満を高めます。北辺の軍事基地で商人から食糧や飼葉ではなく、銅銭を納めさせて交引を渡したらいかがでしょうか。食糧や飼葉は南の土地より豊富ではありませんが、北の地でも兵士の食糧や馬の飼葉はなんとか調達できます。これにより、商人への不当な儲けの流れが断ち切れます」

別の男が手を挙げた。

「私もその考えに賛成でございます。今の仕組みですと、交引の発行が本来の適正な量を超え、だぶつきます。ということは、そのままでは塩の価格が下がってしまい、金繰りのつかない商人は、仕方なく資金豊かな商人に交引を引き取ってもらうという事態が生じております。すると大量の交引を入手した商人は結託し、塩の流通をある時には増やし、またある時には絞り込んで恣意的に支配し、その結果現在は塩の価格が高止まりしております」

「どうすればよいと思うか」

「結託して塩価を操作する商人たちを数人逮捕し、見せしめで厳罰に処すというのはいかがでございましょう」

薛利興が再度手を挙げた。

「この際、青白塩の流通をなんとしても止めて、その地域に解池の塩を使わせましょう。そのためには青白塩を取り扱っている者を罰するとともに、裏で流通している青白塩をこちらで買い取ってなくしてしまうという方策もありうると思います」

黙っていた別の男も手を挙げた。

「今までのご意見はもっともと思いますが、まず巷に跋扈(ばっこ)する塩梟と呼ばれる輩を取り締まるべきでしょう。武器を持って検問所を突破するなどもってのほか。西夏との戦いが終わった以上、軍の兵士を動員してでも撲滅するべきでありましょう」

議論は果てしなく続いた。慶暦八（一〇四八）年の秋、それらの要点を整理して范祥は改革案を上程し、塩の取引に関する数々の施策が施行されることとなった。

「あれが覇天社の王雲嵐か」

開封の民は、虹橋に通ずる大通りを行く、罪人引き回しの列を見入っていた。細い丸木の格子で組み立てられた箱型の四角の骨組みの中には、王雲嵐が立っているのが見え、牛車がその木の骨組みを荷台に載せてごとごとと引いている。王雲嵐は足枷をはめられ、手首には荒縄が巻かれ、両手を広げた状態で両脇の格子につながれている。立ったまま身動きができない。こうして開封の大通りを引き回されたあと、地元の墓場となっている場所の横で処刑される。

霸天社の王雲嵐は百人とも二百人とも言われる手下を持ち、開封の周辺の町で塩の密売を手広く行っていた。仕事にあぶれた輩を雇って手荒な略奪もやっていたが、范祥とその部下が解き明かしたかったのは、大きな塩商人との結託である。運送する舟の調達、塩を売る場面などで必ずどこかの塩商人とつながりがあるはずだ。そう確信した范祥は王雲嵐を捕らえて責め立てたが、口を割らなかった。

「そんなことを吐くようじゃ、こんな仕事はできませんぜ」

そう言って王雲嵐は処刑場に向かった。

賑やかな街の通りを引き回されたあと、刑場に近い野末に近づいた。先ほどまで道端に群がっていた人数はまばらとなった。王雲嵐は檻の中でじっと立ったまま正面を向き、故郷の空を思い出していた。その空には、時々塩の仕事をした仲間の顔が浮かんでは消え、大きくなっては消えていく。そういえば定川の戦いの帰路、馬上で死んだ男も故郷の空が見えると言っていた。

「人の一生とはこんなものか」

　思わず心の中で呟く。

　その時、左前方の小さな丘の柳の木の下でこちらを見つめる男の姿が目に入った。片足がない。孫浩だ。口元が震えているようにも見える。

「馬鹿、なんで出てくるんだ」

　と心で叫び頭を鋭く左右に振り、再び正面に視線を変えた。

　罪人の引き回しは、民への見せしめの意味が大きいが、もう一つの目的は賊の一味を捕らえることにある。武力を使い罪人を取り戻しに来たら、隠れている役人がどっと出てきて一網打尽にする準備を整えている。また、見物者に一味がいないか、鋭い目つきをした男たちが群衆に紛れて目を凝らす。王雲嵐が咄嗟に視線を孫浩から外したのは、自分の目線を追っている者がいるかもしれないと恐れたためである。

「孫浩は、まだ顔が割れていないはずだ、だからこんなところに出てきちゃ駄目だ。あいつだってそんなことは百も承知だろう、馬鹿、馬鹿」

　何度も馬鹿を繰り返しながら、王雲嵐の目には止めどもなく涙が溢れた。


　数日後、蒲州の劉昌が捕らえられた。交引を買い占め、塩の価格を操作したとの嫌疑である。嫌疑といっても范祥は十分な証拠を握っていたので、相手に反論の余地はなかった。范祥は劉昌の獄に足を運び、告げた。

「天子様は許してはならん、極刑に処せとおっしゃっている。しかし、わしは少しお時間をちょうだいしたいと願い出た。そこでだな、まずおまえの隠している財産を全部白状せよ。蔵の中のもの以外にあちこちに隠しているものがあることは知っている。天子様の塩で儲けた金だ。そのうえでだな、それを全部出せば、南の島への島流しで許してやる。命は助けてやるのだ。いやなら明日処刑だ」

劉昌は島流しを選んだ。ただし、二人の会話には王翔空と張一成の話は一切出なかった。范祥は、王翔空と張一成が劉昌と組んで塩の価格操作を行ったことを知っている。しかし、蒲州の三家を全員逮捕したらこの地の塩の販売はほぼ停止する。それは逆に大きな社会不安を招く可能性がある。

あの二人は生かしておいてもいい。劉昌のことを見て、二人はもうおかしなことをしないだろう。いざとなれば、残った二家のどちらかをつぶせばいい。

青白塩については薛利興が調べた。流通している地域は、いずれも宋朝の版図の北西部で、西夏と境を接している地区である。西夏の民が一人で夜陰に紛れて塩を担いで売りに来るという噂は聞いているが、多分それが実態であろう。

個々の取り締まりを厳しくする必要もあるが煩雑すぎる。それが無理なら、こちらの身分を隠して西夏の売りたい連中と取引をして買い占め、宋朝の版図での販売をなくしてしまう術も考えられる。だが一つおかしなことがある。それは西夏との国境からだいぶ離れた汾河沿いの地区で青白塩が売られているというのだ。これは西夏の民が運んできているのではないだろう。調べてみると杜宇俊という男の名が浮かんだ。その名はどこかで聞いたような気がする。しかし思い出せない。しかもその情報もほんの微かな筋から入手したもので確実なものとは言えない。

「行って調べねばわからぬな」

薛利興は杜宇俊の住むという臨汾に足を運んだ。杜宇俊の家はすぐわかった。近くの茶店で熱い茶を飲みながら考えに耽っていると、家からゆったりとした足取りの男が出てきた。その瞬間、薛利興は榷場で出会った青年の顔を思い出した。十七年も前のことである。

「あの男が杜宇俊か」

立ち上がり杜宇俊を追って声をかけた。

「失礼ながら、あなたは以前、保安軍で西夏の子供を役人から救った方ではありませんか」

杜宇俊は、このところ宋朝における塩に対する政策が大幅に変わったことを理解していた。ある面では当然とも思える措置が続いたが、自分が行っている青白塩の取引に関して宋朝がどう対応してくるか読み切れないでいた。そのうち何かがやってくる、何かが変わるだろうとは感じていた。そんな矢先に薛利興から声をかけられたのだ。

杜宇俊も瞬時に権場での出会いを記憶の奥から手繰り寄せた。そして相手が科挙に合格して、宋朝の政に携わる男であることも思い出した。

「これはお懐かしい。たしか科挙に合格したばかりとお話しされていらっしゃいましたな」

十七年の歳月と立場の違いは、言葉に表れている。

「よく覚えていらっしゃいますな。改めてですが薛利興と申します」

「杜宇俊でございます。河東の地で商いを営んでおります。ところでこんな田舎になんのご用事でございますか」

「いや近くの杏花村に友人がおりまして、うまい酒があるので飲みに来いと言われてはるばる足を運び、その帰りですよ」

薛利興はとっさのうそがばれないかと一瞬ひやりとしたが、相手の表情に変わりはない。

「よろしければ拙宅で飲み直しをしませんか。うまい肴もございます」

「それはありがたい。お言葉に甘えてちょうだいしましょう」

部屋に入った薛利興は、奥の壁に下げてあった掛け軸に声を上げた。

「『塞下に秋来りて　風景異なる』、范仲淹先生の〝漁家傲(ぎょかごう)〟ではありませんか」

杜宇俊は答えた。

「そうです。開封の知り合いから手に入れました。たしか西夏との戦いに現地で指揮されたとか。その時の思いが入っているのでしょう」

「そのとおりです。范仲淹先生は我々の若いころから尊敬してやまない先輩です。全国の各地を歴任されましたが、治水対策、飢饉の救済などで立派な事績を残されました。西夏との戦いでは前線の指揮を担われ、馬上の戦いに優位である西夏軍に対しては、防御を主体とする作戦を主張されたのですが、功を焦る意見も別に強くあり、結果として好水川の戦いで大敗北を喫しました。『将軍白髪となり　征夫は涙す』の言葉に、先生の無念の念を感じます」

薛利興は再び掛け軸に目を移し、立ったまま范仲淹の詞を詠じた。

塞下秋来風景異　　塞下に秋来りて　風景　異なる
衡陽雁去無留意　　衡陽に雁去りて　留まる意　無し
四面邊聲連角起　　四面の辺声　角笛連なり起こる

千嶂裏　　　　　　千嶂の裏
長煙落日孤城閉　　長煙　落日に　孤城閉ざす
濁酒一杯家萬里　　濁酒一杯　家は万里のかなた
燕然未勒歸無計　　燕然　未だ功を刻まざれば帰るに計無し
羌管悠悠霜滿地　　羌管の音　悠悠として響き　霜は地に満つ
人不寐　　　　　　人は寝ず
将軍白髪征夫涙　　将軍は白髪となり　征夫は涙す

　薛利興は范仲淹の詞を詠じながら考えた。一介の商人である杜宇俊がこの詞を選んで掛け軸を手にしたということは、朝廷に仕え、天下国家を論ずべき官吏に通じる心意気を持っていると思っていい。杜宇俊はたしか進士を目指したと言っていた。人生の岐路がほんの少し違えば、今頃有能な官吏になっていたかもしれない。そんな男が塩の密売人をやっているのか。

　庭が見える座敷で盃を傾けながら、話題は開封の最近の様子に及んだ。

「商売が盛んでにぎやかな街であったのですが、西夏との戦いが終わったことから、街には仕事のない者が溢れ、物の値段も上がり、難渋している者が増えました。なんとか物の価格を下げる方策はないかと努力しているところです」

「物の値段といえば、茶とか酒とかでございますか」

「そう、それと杜さんがおやりになっている塩ですな」

「戦争前には一斤四十文で売っておりましたが、今は五十五文から六十文で売っております。いただける交引の数をもう少し変えていただければ、値は下げられるでしょう」

「そうですか。以前の一斤四十文まで下げたいので、ご意見は伝えておきましょう」

「せっかくの機会でございますので、もう一つお伝えしたいことがございます」

「ほう、なんでしょう」

「宋朝が専売の仕組みにより財政を支えていることはよく存じております。その中で酒や茶はしょせん嗜好品でございます。なくとも生きてはいけます。ただ、塩はなくては生きてはいけません。誰もが買わざるを得ないものに対して、財政上の大きな比重をかけるのは市井の人々にとって大きな負担です。金持ちも貧乏人も塩を取る量にさほど大きな違いはございません。とすれば金を持たぬ人間により負荷がかかります。仮に専売をするにしても、もっと手ごろな価格、たとえば一斤二十文程度で売れるようにしないと、どこかで社会の歪みが出てくると思っております」

杜宇俊はこの男ならわかると思い、一気に言った。薛利興はまっすぐ杜宇俊の顔を見ている。反論はしない。薛利興自身、杜宇俊が言っていることが正論だと思っている。しかし、軍事上の出費は大幅に減少したとはいえ、国の財政の主要な柱となってしまった塩の税を簡単に削るわけにはいかない。天子を取り巻く宮廷の遊興費はうなぎ上りだし、軍事費を減らされた軍からは、これでは将来国の安全が守れないと言ってくる。一斤四十文くらいにまで下げねば民の不満が増すので、そこまでは下げたいが、それ以上は無理だろう。

「それから仮に商人が一斤四十文で売れる水準にまで交引が発行されたとして、もしそれが商人にとって利益が出るか出ないかのぎりぎりの線であった場合、不正が起こる可能性がございます」

「それはどういうことですか」

「塩の取り扱いをやってわかったことでございますが、なかなか予測できない危険が多い商売でございます。塩が一番弱いのが水。舟運で運ぶ際、出水や岩礁で舟が少しでも破損すれば、積み荷の塩はすべて駄目になります。蔵に積んでいた塩に長雨が続きますと、湿気ですぐ固まってしまい売り物になりません。これらの損は商売人の努力で防げるものと、防げないものがございます。一方で、仮に売値の四十文が上限と決められたら、やむを得ない理由で損が出た場合、商人はどこかでこの損を補うしかございません」

これももっともな話である。宋朝が自ら民を動員して塩を運んでいた時にも事故はあったが、それが金銭的な損害と認識していなかっただけである。薛利興は口を開いた。

「青白塩が売られているというのも、そんなところから出ているのかもしれませんな」

杜宇俊は表情を変えない。目はまっすぐこちらを見ている。そうだ、とも、そんなことは知らない、とも言える目付きだ。なかなか腹が据わっているなと薛利興は思ったが、それ以上は続けず、話題を変えて酒を続けた。そして間もなく別れを告げた。

薛利興は道々考えた。商人の損が不可避的に発生するので、青白塩の利益で補塡しているということか。それなら彼は地元でかなりの値で青白塩を売っているのだろう。そうすれば値が高いことに不満を持つ民がいるはずだ。薛利興は付近の茶店をいくつか回り、世間話をしながら農民や商人の話を聞いたが、杜宇俊を悪く言う者はいなかった。青白塩については誰も、「知りませぬ」としか言わなかったが、一人、この辺では一斤十五文から二十文で買えると話した者がいた。

「そうか、杜宇俊は儲けのためだけに青白塩を売っているわけではないのか。むしろ金がない連中のために正規の商売の裏でやっているのだ」

薛利興は汾河の流域における青白塩の全容がつかめた気がした。しかし、やはり放置するわけにはいかない。どこかで流れを断ち切らねばならない。

十八、賀蘭山　暗殺計画

賀蘭山は興慶から六十里ほど離れており、高い峰々が南北に連なる山脈の主峰である。この山脈を越えて西に進むと、そこはもう荒漠たる砂漠が広がっている。賀蘭山の麓も砂礫は多いが、山脈から流れ出した川の周辺や谷間には杉や松の林が点在する。池や沼もあり、水を求めて鹿や猪などがやってくる。

李元昊は寧令哥に嫁ぐことになっていた女を自分のものにして以降、興慶の宮殿より賀蘭山の別荘で時間を過ごすことが多くなり、酒に浸る日々を送っていた。しかし、しばらくして二つやることを見いだした。一つは陵の造営を見守ることであり、もう一つは狩りである。好水川、定川などの激しい戦いを行っている最中には、さすがに並行して陵の造営に着手することができなかった。しかし、宋との講和が慶歴四年（一〇四四年）にできて、毎年絹十三万匹、銀五万両、茶二万斤が送られてくる。宋朝が西夏に下賜するという形式を表立ってとってはいるが、実際は賠償金だ。この財貨は西夏にとって極めて大きい。戦争で疲弊した国内の農業や手工業を復興させることができるだけでなく、陵の造営に伴う巨額な費用にも充てることができる。戦いを終えた兵士は、家に帰らせ農事に励んでもらうが、合間を見ては陵の造営に動員させる。陵の設計については、宋との戦いを継続する間、宮中の若手官僚数人に命じて案をいくつか作らせた。その中で気に入ったのが、中心となる陵台を円錐形にして、その頂上を丸い形にした造りであった。このような皇帝の陵は中原にはない。南側に墓道を掘り下げ墓室を作り、その上に版築で土をしっかり固めながら円錐形を下から積み上げ、最後は数百枚の薄緑の瓦で表面を覆う。高さは六丈から七丈くらい（約二十メートル）になるだろうか。陽の光に照らされた陵は燦然と輝くであろう。

東西南北とも百丈を超える四角の大きな敷地を壁で囲い、敷地の中には拝殿とも言うべき献殿、墓碑を安置する碑亭などの構築物を配置し、陵全体の風格を高める。自分が入る墓室はすでに地下の造営を終えて、地上の版築工事に入っている。南の少し離れたところに計画した父李徳明と祖父李継遷の陵は、現在地下の墓室の造営中だ。一月に一度くらい出かけると進捗状況がはっきりわかり、充足感を覚える一方、自分がここに入る時期がどんどん迫ってきたというなんとも言えない寂寥感も覚える。

もう一つの狩りは、ほぼ三日に一度供を連れて出かける。馬上で風を切り、蹄（ひづめ）の音を聞くのがたまらなく心地よい。四十も半ば近くなったが、弓を引く力はまだ衰えていない。必死に逃げる鹿を追いかけ、首に矢を打ち込んだ時の快感は、過ぎ去った戦場での戦いを思い出させる。

「日もだいぶ傾き、北風もかなり強くなってまいりました。今日はこの辺でいかがでございましょう」

従者が声をかけた。言われると微かに疲労感もある。寒さも以前より感じる。少し年をとったか、李元昊は自分の体もそれなりに変わってきていることを悟った。

別宮にたどり着くころにはすっかり暗くなっており、女が入り口で頭を下げて李元昊を迎えた。あとはゆっくり女と風呂に入り体を温め、それから酒を飲むだけだ。

徹元は、三人の男とともに李元昊の別宮近くの林に身をひそめていた。たしかに夕刻、李元昊は別宮に戻った。決行するのは日がとっぷり暮れてからだ。懐の刀を握りしめ、徹元は可欣との会話を思い出していた。

「どうしても行くのですか」

「どうしても行きます。あれほど李元昊様と言って慕っていたにもかかわらず、父は李元昊に虫けらのように殺されました。幾晩も幾晩も父の夢を見ました。なんとしても仇を討ちます。あの戦(いくさ)好きの李元昊が生きていたら、また烏池の者は出自が違うことで殺されるかもしれません。李徳明様の時にはこんなことを心配する必要はなかったと思います。やはり李元昊が悪いのです」
「とはいえ、いくらなんでも四人では無理でしょう」
「いや、人を多くすれば目立つだけです。四人が限度です。われわれは烏池の者とは
わからないよう、服も北の部族のものを手に入れました。もし捕まりそうなことがあ
れば、懐に粉にした毒草を持っていますので、これを飲んで死ぬ覚悟です」
可欣は徹元の言っていることを、なんともやるせない気持ちで聞いていた。小さい
ころから弟のようにかわいがって一緒に育った徹元だ。彼の行動は、父を失った恨み
が直接の原因であろう。しかし烏池の将来への心配は、可欣がしばしば話していたこ
とで、いつの間にか徹元の頭に刷り込まれたに違いない。「自分が女でなければ李元
昊を殺したい」とまで言ってしまったことが、徹元を追い込んでしまったのかもしれ
ない。
李元昊をなんとかせねば、という思いは自分の胸にもある。おばば様が亡くなる前
に烏池に住む者たちの出自と黄巣の話をしてくれた時、自分の立つべき位置を理解し
た。
その烏池の民の気持ちを一心に背負った徹元と三人は懐の刀と毒草を再度確認した

あと、暗闇の中、李元昊の別宮に近づいた。

寧令哥は夕方近く一人で馬に乗り、李元昊の別宮に向けて走りだした。「気分がすぐれないので、夕焼けの空を見ながら軽く走ってくる。すぐ帰るから心配しなくともよい」と従者には告げ、あらかじめ馬の鞍に目立たぬようにつけておいた剣を確かめて宮殿の門を出た。

行き先には賀蘭山の峨々たる峰が、夕日を受けて黒い影を浮き立たせている。北風も強くなってきた。日が暮れるころ、はるか向こうに李元昊の別宮を認めたが、辺りがすっかり暗くなるまで林で待った。

寧令哥が宮殿からかなり離れたところまで馬を進めたころ、宮殿から五人の屈強な兵士が馬で寧令哥のあとを追っていた。

「寧令哥はいつか必ず刀を持って宮殿を出ていく。気づかれないようにあとを追え」

国相の没蔵訛龐に命じられた兵士たちであった。

風呂で女に体を洗ってもらった李元昊は、用意された酒を飲み、女の膝に頭を乗せ、横になった。手で太腿をまさぐると、女は時々かん高い声を出す癖がある。部屋の廊下には護衛を二人侍らせているが、女の声が高いので廊下の先でいいと言ってある。もう少しして眠くなったら、女と床に向かおうと思って目をつぶった。

徹元と三人の男は刀を右手に持ち、別宮に近づいていた。暗闇の中でほのかに光が漏れているところに李元昊がいるに違いない。

とその時、右のほうから馬の蹄の音がした。どうやら別宮の門に入るようだ。慌てて目を凝らして見ると入り口の護衛に頭を下げられて門を通った男がこちらに近づいてくる。徹元たちは歩みを止め、地に伏せて様子をうかがった。男はこちらには気づかず、まっすぐ光が漏れる部屋に向かって廊下を歩んでいった。

すると今度は数人の男が馬に乗ってやってきた。兵士のようである。徹元は見つかったのかと思ったが、彼らは入り口で何かを待っているようで動かない。いずれにしても今日の決行は難しい、出直そうと考えた時、廊下の端で剣を交わす金属的な音がして人が倒れる響きが起こった。

廊下で何か音がしたので、李元昊は目を開けた。そちらに目をやると同時に扉を足で蹴って入ってきたのは、血を滴らせた刀を持った寧令哥であった。女を押しのけ膝を立てて立ち上がり、背後の剣に手を伸ばそうとした時、足が滑った。剣を握る手が一瞬遅れた。李元昊の顔面に寧令哥の刀が光った。鼻から右の頬にかけて鋭く刃が入り、血が噴き出した。ふらつきながらも後ろに下がり、寧令哥の振り回す刀をよけ、やっと自分の刀を抜いた時、扉から五人の男が入ってきて寧令哥を捕らえた。

徹元は光が漏れる部屋から、男の大きな叫び声が聞こえてくるのに気がついた。さらに五人の屈強な兵士が部屋になだれ込んでいくのを見た。どうやら自分たちとは全く関係ない流れで大変なことが起きているようだ。いずれにしてもこの場は全速力で離れよう。四人は夜陰の中、賀蘭山を背に走りだした。

薛利興は北洛河の上流にある洪州の船着場に来ていた。范祥からは青白塩の件はおまえが始末せよと命じられている。

いろいろ調べた結果、この場所が西夏と宋の商人の取引の場となっているようだ。ここで現場を押さえられれば青白塩の流通を止めることができるだろう。ただ、いつ取引があるかわからない。どんなやつが来るかもわからない。果たして杜宇俊は来るか。薛利興の胸には一脈複雑なものがあった。

杜宇俊と違う男が取引を行っているのであれば捕まえればいい。もし杜宇俊が来たらどうするか。やはり捕まえるしかない。しかし、あの男の言っていることには道理がある。あの男も科挙を受けたと言っていたが、巡り合わせが違えば、あいつの立場に俺がなって、俺の立場にあいつが座っていたかもしれない。紙一重の差だ。

杜宇俊は北洛河を舟でさかのぼっていた。明日朝には洪州に着けるだろう。川風に当たりながら、ふと考えた。

俺はなんで青白塩をやっているのだ。商売だけで言えば、解池の塩だけでもできないことはない。不測の事態をできるだけ避けることができれば、なんとか儲かる。しかし、満たされない理由は塩を買う者から向けられる視線だ。青白塩を始めた時、これで俺は大儲けできると思った。事実最初は相当儲けを入れて売ったが、そのうち青白塩は安く売って喜ばれるほうがいいのではないかと気づいた。以来、その考えで商売をやっている。

青白塩の取引にかかわる人間の数もごく一部に抑えており、大幅には広げていない。宋朝の片棒を担いで専売の塩をやらせてもらっている償いに、金がない人間に少しでも安い塩を配りたいという自分のささやかな満足かもしれない。まあ俺はかわいい塩賊だな。杜宇俊は一人川面に自分の顔を映し呟いた。

霧が立ち込める洪州の朝の船着場に、薛利興は人を配した。昨晩から驢馬が荷を積んで入ってきており、向こうの蔵での動きが忙しい。今日あたり取引があるのかもしれない。

昼近くになってもまだ霧は濃い。舟の出入りはあるが、薬草や木材を積んだ舟で塩は動いていないようだ。ふと霧が途切れた隙間に、船着場のずっと下流で岸に横付けしている舟が見えた。あんなところで荷の積み下ろしができるのかと思って見たが、動きはない。流れが速く岸に寄せているだけなのか。再び霧が視界を閉ざす。しばらくして再び霧の隙間ができた。今度はより明瞭に見えた。荷下ろししているのではない、荷積みをしているのだ。袋が見える。

「あれだ、青白塩だ」

薛利興は部下を引き連れ、下流の岸に走りだした。

荷積みを終えた杜宇俊は舟を出そうとしていた。その時、霧の中から駆けてくる数人の男の姿が目に映った。先頭を走ってくる男の顔は、薛利興と名乗ったあの男だ。一瞬にしてすべてを悟った。そこまで綿密かつ執拗に俺を追いかけていたのか。舟に乗り込んで急ぎ下ることもできる。しかし、杜宇俊は目の前の舟を足で蹴って、急な流れに押し出した。そして近づいてくる薛利興に向かって叫んだ。

「わかった。これが最後の舟だ。もうやるまい。俺を捕まえろ。あの塩と運んでいる者は見逃せ」

息せき切って近づいた薛利興は立ち止まり、流れを下っている舟を見た。

「おまえではないことを祈っていたのだがな」

目と目が合った。杜宇俊は大きく息をつき、肩の力を抜いた。

とその時、霧の中で馬の駆ける音が近づいてきた。現れたのは紅色の衣をまとった女であった。

「可欣」

杜宇俊は口の中で呟いた。驚いて二、三歩下がった男たちの間に、精悍（せいかん）な馬が割り込み、可欣の手が伸びて、杜宇俊の手を捉えた。馬の動きの反動で、杜宇俊の姿は地表から飛ぶように可欣の後ろに収まった。可欣が鞭を入れ、走り去るまで数秒もかからなかった。

霧の中、男たちは呆然とその姿を見送った。

十九、上海——遠き日の西夏

上海浦東電視台の女性社員杜雅琴は、番組制作部副主任の鄭子豪から、国家統計局が発表した『新百家姓』に関連した面白い番組の企画を考えてみろと指示を受けていた。『百家姓』とは中国の姓を並べたもので、趙・銭・孫・李から始まり、七百余りの姓がずらりと続いている。いつこのようなかたちで調べられ、また並べられたものかは不明だが、多分千年近く前の宋の時代であるという。現代では国勢調査により十三億の中国の国民の姓をほぼ正確に把握することができる。国家統計局は、客観的事実として姓を数の多い順に発表するだけだが、巷ではそれを『新百家姓』と呼び、だいたい一度は目にするものだ。

二十一世紀の現代において、数の多い御三家は王・李・張で、そのあたりの順は不動であるが、十位くらいから下になると発表ごとに微妙に順位は変わる。自分の姓が今中国において何番目に多い姓か。たしかにそれはちょっと気になる発表である。

杜雅琴は浦東の五十階建てのビルの上にあるレストランで、同僚の李海雲と昼食をとっていた。眼下には黄浦江を行き交う遊覧船と外灘の歴史的な建築群が見える。秋風が吹き始める九月の中旬を過ぎたが、中秋節の月餅の食べすぎか李海雲の頬はいつもよりふくよかだ。李海雲は昨年安徽省の合肥大学を卒業して入社した駆け出しの社員である。いつも快活な声で笑い、杜雅琴と話が合う。

　中秋節は、女性が注意しなければならない時期だ。何しろ町中に月餅が溢れ、あちこちからの贈物もみな甘い月餅だ。多少日持ちがするといっても、そんなに長く置いておくわけにはいかない。つい手を出す。そして太る。昔は数元で買えた月餅だが、贈答用の高級セットが数百元で店先に並べられているのを見ると、世の中変わってしまったと若い杜雅琴も思う。

「『新百家姓』に関して何か新しい視点で番組構成を考えろ、と副主任から言われているんだけど、なかなかいいアイデアが浮かんでこないのよ。困っちゃうわ」

「そうですね。あれは並んでいる順だけ見ればそれで終わりですからね」

「あなたの李は多いほうから不動の二位ね。私の杜は四十二位だった」

「そうですか。私も報道見ましたけど、李姓は現在九千二百万人いるんですって。どこかの国の人口より多いんですよ。いいような悪いような」

「あなたの出身の安徽省辺りで、姓に関して面白い話題はないかしら」

「そうですねえ。私の故郷には特別な姓が多いわけでもないですし。そう、私の高校の同級生が楊若渓（ようじゃくけい）というんですが、彼女の出身の村の人は、昔西夏から流れてきて住み着いたと言っていました。歴史にとても詳しい子で、彼女なら面白い話題を持っているかもしれません。来週末実家に帰るんですが、一緒に行きませんか」

「西夏って、高校の歴史で習ったけど、李元昊という王様が皇帝を名乗って宋と戦争して、最後には皇太子になりそびれた男に殺されたんだっけ。そして蒙古（もうこ）軍に全滅させられたんでしょう。そのくらいしか知らないけれど」

「私の知識もその程度です。そう、それから去年どこかのテレビ局が特別番組をやっていて、その中で西夏の王陵の映像を流していたわ。寧夏回族自治区の銀川の西にある荒野に、九つの王陵があるんですって。土饅頭を大きくしたようなとっても面白い形をしていたわ。とにかく興味ある話がうまくあるかどうかわかりませんが、週末田舎でゆっくりしておいしいものでも食べましょう」


　合肥までは上海から新幹線でわずか二時間少ししかかからなかった。列車をさらに一時間ほど乗り継いで李海雲の実家に着き、一休みしてから楊若渓の村に車で向かった。半日弱の行程で、上海の喧騒とはまったく違う世界がそこにはあった。百五十軒くらいの村だろうか、至る所に水路が通っており、小舟が野菜を高く積んで運んでいる。白壁が水路沿いの柳に見え隠れして連なる。

「いいなあ、まるで百年前の世界だね」

杜雅琴は呟いた。楊若渓は二人を笑顔で迎えてくれた。早速、一族が昔西夏から流れてきたのではないかという話題について尋ねると、彼女はゆっくり話しだした。

「亡くなった祖父がよく話してくれたんです。西夏は蒙古に最後まで抵抗したので、全滅させられたんですって。チンギス・カンが死ぬ時、遺言で西夏の民は一人残らず殺せと言ったそうです。でもその前に国を逃げ出した西夏の民は、ちりぢりになってあちこちに住み着きました。その後、南宋を破って蒙古の元が全土を治めるようになると、西夏の遺民はいつ殺されるかわからないという怖さから、自分たちの出自がわからないようにして暮らしてきたそうです」

「姓に関して何か特徴がありますか」

「姓ですか。この村には五つの姓しかありません。楊、沈、許、杜、何です。ありふれた姓ですから特徴はありませんが、ただ五つの姓しかないというのが面白いかもしれません。もっと人里離れた山奥でしたら、交通や通婚が限られてこのような現象が起きるのかもしれませんが、こんな平野で近くに都会もありますしね」

「結婚に関して何か強いしきたりがあるのですか」

「あったようですね。でももう二十一世紀ですから、これから姓はもっと増えるでしょう」

「そのほかに村の特徴はありますか」

「特徴と言っていいかどうかわからないんですけれど、神棚には升に入れた塩を捧げているんです。どうしてかはわかりませんが、村の家はすべてそうしています。付近の村でこんな習慣を持っている村はありません。ここだけです」

杜雅琴は西夏と村の歴史に関する問いをいくつか続けたが、目新しい話は出なかった。

「そういえば」

楊若渓は何かを思い出したように言った。

「亡くなったおじいちゃんが、杜家のおじいちゃんと親しかったのですが、いつだったか杜家の古い家譜を見せてもらったことがあると話していました。そのおじいちゃんだったら、お願いして見せてもらうこともできるんですが、先週体の具合がよくないと言って隣の町に入院しちゃったんですよ」

西夏の話はそれで終わった。杜雅琴は李海雲の家に戻り、きのこをたくさん使った素朴でおいしい郷土料理とおしゃべりで週末を過ごした。

週明け出勤した杜雅琴は副主任の鄭子豪のデスクの横で、番組の企画打ち合わせをしていた。

「『新百家姓』に関する話題をいろいろ探しているんですが、どうもこれといったものがまだありません」

「そうか。でも来週明けには、ちょっとはましなネタを出しておくれよな。頼むぜ」

「わかりました。百家姓と話は結び付くかどうかわからないですが、先週李海雲の田舎に行った時に寄った近くの村は、西夏の末裔の村らしいんです」

　西夏という言葉を聞いて、鄭子豪がパソコンの画面から目を上げて杜雅琴に視線を向けた。興味を示したと思い、杜雅琴は週末の話を順序よく話した。聞き終わると、鄭子豪は右手で机をバンと叩き、

「それだ、それだ！　なんでその杜家とかいうところの家譜を見せてもらわなかったんだ」

「でも、おじいさんが入院していると聞いたので」

「おまえテレビ局の企画担当だろう。入院しているなら、病院に行って頼めばいいじゃないの。爺さん、まだ大丈夫ならいいけれど、重病なら金輪際見られないかもしれないぜ」

「副主任、でもなんで、その家譜がそんなに大事なんですか」

「あのな、一から説明してやろうか。西夏っていうのは正史がないの。正確な資料がないから、あまり番組制作のネタとしては使いにくい。でもな、この国の視聴者は、特にお年寄りの視聴者は歴史ものが好きなのよ。しかし毎年毎年『水滸伝』や『三国志』をやったってしょうがねえだろう。皆飽きちゃっているんだ。だから新鮮なネタがいるの。ずいぶん前になるが、北京の電視台が西夏の話題で特番を組んだな。あれは河南省の小さな村の住人がやはり西夏の末裔で、先祖の由来を刻んだ大きな碑を持っていた。文化大革命の時、紅衛兵（こうえいへい）に壊されちゃいけないと土に埋めた。八十年代になってやっと安心して掘り出して村の隅に建てた。そうしたら北京の学者が見つけて、これは西夏の歴史を知るうえで大発見だと騒いだんだ」

「そうだったんですか」

「話はそれで終わんないんだ。学者はこの村にはもっと何かあると調べた。楊さんという旧家に残っていた家譜に先祖の名前がぎっしり並べられていたんだが、それを詳しく調べると、元時代の半ばまでの姓は楊ではなく、唐兀といってな、蒙古語で唐古特（タングート）と同じ意味だそうだ。ところで唐古特の発音は、西夏を表す党項という言葉の発音に近い。だから学者は生き延びた西夏の遺民が蒙古の軍に入り、名前を変えて一族を残したんだろうと推測している。とにかく、書いたものとか、なんかのはっきりした証拠と話をうまくつなぎ合わせれば、ドキュメンタリーはできるんだが、そのはっきりした証拠が西夏の場合ほぼないのよ。だからおまえが聞いたという杜さんの家譜に、もし新しい事実が隠されているとすれば、これは面白いぜ。ところでそのおじいさん、まだ大丈夫なのかな。明日か明後日でも行ってきてくれ。出張経費出すから」

水曜日の朝の新幹線で合肥に向かった杜雅琴は、昼すぎには楊若渓の家に着いた。杜家のおじいさんは、軽い気管支炎で熱を出していたが、昨日退院したことは事前に確認していた。奮発して大きな上海蟹を十匹ほど保冷の袋に入れて土産として持っていったら、案の定おじいさんは喜んでくれた。

「歴史のことは私もよくは知らんのだ。でも家譜は代々長男が大事に守り、自分の代を足してきたと聞いとる。清朝の末にこの辺に大きな動乱があってな、家々はずいぶん焼けたそうだ。うちの家も大きな被害に遭って、その時家譜もだいぶ傷んだので書き換えたそうだ。だからこれは百数十年前に書かれたものだ。最初の三行ほどは何が書いてあるのかわからず、見たことのない字もあるが、これをそのまま写し取ったと、わざわざただし書きもあるくらいじゃ」

「そうですか。楊さんから、この村では皆神棚に塩を捧げると聞きましたが、どうしてかご存じですか」

「そうだな。それもわしは詳しくは知らん。ただ、これを守らねば村の者とは見なさぬ、というくらい強いしきたりであるのは間違いないな。そういえば、この村の者の先祖は昔塩を作っていた、という話を、わしが小さいころ、じい様が話してくれたことがあったな」

「わかりました。早速ですが、杜家の家譜を拝見させていただけますか」

別室には広い台の上に黒い大きな袋が置かれていた。おじいさんが袋の紐をほどくと、中からは上質の宣紙を絹の紐で綴じた数十の冊子が出てきた。

「それでは拝見させていただきます」

両手に白い手袋をして、杜雅琴は一冊目からゆっくりページをめくり始めた。最初に目に飛び込んだのが、おじいさんの話していた見たこともない字で書いてある三行だった。漢字のようにも見えるが、一つとして読める字はない。画数が多く偏や冠があるのはたしかに漢字に似ているが、読めない。この三行の終わりには、「意味は不明であるがそのまま書き写した」という百数十年前のただし書きがあり、これは杜雅琴にも十分読めた。

ひょっとしたら、この文字が何か決め手となるかもしれない。たしか西夏には独自の文字があったというから、これがそうかもしれない。あとで調べよう。それから副主任が言っていたように、何か名前の変化があれば、それが杜家の歴史を示すものになるだろう。

杜雅琴は一冊、一冊、丁寧に観察を続けた。一時間近く経ち、最後の冊子にまでたどり着いたが、残念ながら杜姓の変化はなかった。ただ、時々小さい字で名の横に地名らしき記載が出てくる。鄧州（とうしゅう）、汝州（じょしゅう）。見ているうちに、ひょっとしたらこの地名は、杜一家が住む地をさまざまな理由で変えながら移動した記録かもしれないと思った。たしかに七代前の氏名の横には現在の村の地名が書かれており、その三代前の名前の横には別の地名が書かれている。それなら、ずっとさかのぼれば西夏の地名に近づくのか。

杜雅琴は再び最初の冊子の氏名を見た。そこには男の名で杜宇俊、女の名で朱可欣と書かれており、横には烏池と記載してあった。

杜家のおじいさんに深々と頭を下げて、杜雅琴は村をあとにした。夕方合肥を出る新幹線に間に合った。

「烏池、聞いたことない地名だけど西夏に関係あるのかしら」

杜雅琴はひとり呟いたが、うまくいけば家譜の最初にあった見たこともない字と、この烏池という地名が、企画の柱になるかもしれない。西夏の杜宇俊さんは朱可欣をお嫁さんにもらって、この杜家の初代となったんだな。私と同じ姓だ。もしかしたらご先祖様かもしれない。杜雅琴は車中で暗くなる車窓の風景を見ながら紅茶を飲み干し、企画を頭の中でつなぎ合わせ始めた。

― 完 ―

エピローグ

二〇一一年三月十一日に起きた東日本大震災は、私たち日本人に大きな衝撃を与えた。地震と津波によって生じた被害の大きさもさることながら、福島第一原子力発電所事故による放射能汚染は、今まで私たちが経験したことのない不安と恐怖をひき起こした。原子力事故に関する懸念は、日本に留まらず世界に広がり、特に周辺国である中国や韓国の国民に多大な不安感を与えた。

三月十八日、上海の朝刊大手である「新聞晨報」に、次の内容の見出しの記事が掲載された。

「上海の食塩備蓄は十分ある。食塩を店頭に並べる緊急措置を実施する」

背景には、原発事故発生から数日後、上海を中心に〝塩がなくなる〟という噂が飛び始め、ネットを通じて瞬く間に中国全土に広がっていたのだ。原発事故で日本や中国の海が汚染され、塩が今後取れなくなるという話である。

中国の行政もこの社会不安に対し、即座に上記の対応を発表し、翌日三月十九日の一面記事で、「食塩は十分にあるので、買い急がないように」と念押ししている。騒ぎは数日で収まり、三月二十二日の同紙は「食塩についてのデマを故意に流し、それで暴利を得た者がいる」と犯人を追及する姿勢を示している。調べてみると、三月十五日の段階で、雲南（うんなん）省にある雲南塩化公司の株が急上昇してストップ高になっており、どうやらこれが火付けの役割を果たしたらしい。一部の投資家が大量に株を買って、ネットを使って故意に噂を広めたようだ。

ここで注目したいのは、中国の消費者がその噂に反応して塩の買い占めに走ったという事実である。中国では北の山東（さんとう）省から南の広東（かんとん）省に至るまで、海岸地域では海水から塩を作ることが古くから行われていた。しかし、一歩内陸に入ると塩の生産地は限られており、生活必需品であるにもかかわらず、なかなか入手が困難な品目であった。

塩を専売品として位置づけ、国家財政に組み入れるという発想は、紀元前の漢の武（ぶ）帝（てい）の時代から始まったと言われているが、もっと古くからあったとする学説もあり、いずれにしても、その収入は歴代王朝の主要な財源であった。二〇一一年の時点でも中国は塩を専売制度下に置いており、中国の民にとっては、塩はもともと自由に売り買いできるものではなかったのである。塩はいつ何時（なんどき）より強い統制下に入ってもおかしくない、そして簡単には手に入らなくなるかもしれない、という発想は中国人の心の底に深く流れているようだ。それが消費者をして買い占めに走らせたのではないか。

翻って日本を考えてみると、四面を海で囲まれていることから、山間地の一部を除いて、塩の入手は比較的容易であった。歴史の中で塩をめぐる大きな話といえば、海のない甲斐の武田信玄に、上杉謙信が塩を送ったことが美談として語られるくらいであろう。塩浜をめぐる隣村との抗争や、塩を海辺の生産地から内陸に運ぶ街道間の利権争いという話は聞くが、全国を巻き込むような大きな争いではない。トイレットペーパーの買い占めで思い出すオイルショック時には、一部の地域で塩の買い占めが起きたが、全国に波及するまでには至らなかった。

二〇一六年四月、中国国務院はある法律の改正案を発表した。それは塩の専売制度の廃止である。これに伴い、塩の製造・販売は自由となり、価格も固定制から市場経済に委ねられることとなった。このニュースの日本での扱いはごく小さいものであったが、二千年以上続いてきた中国の制度の終焉を、ある種の感慨をもって聞いた人もいるのではないだろうか。

ちなみに日本における塩の専売は日露戦争時の一九〇五年に始められ、紆余曲折を経つつ二〇〇二年に完全自由化された。塩が二千年以上も国の専売下にあった中国と、たった百年間の専売であった日本とでは、塩と民の心の距離が自ずから違うのも当然かもしれない。

現在海水から塩を作る場合、主にイオン交換膜法という手法がとられており、天候にも左右されず、不純物も含まない。ナトリウムのプラスイオンだけを通す膜と、塩素のマイナスイオンだけを通す膜を交互に並べた海水の槽に、電流を通して濃い塩水を作り、さらに水分を蒸発させて塩を作るこの方式は、理論的には生産方式として一番優れているのであろう。

しかし、海水や塩湖からうまい塩を取り出すために、試行錯誤しつつ、時には政治や争いにも巻き込まれながら努力してきた無数の人の営みを顧みると、現在家の食卓の小さな瓶に入っている真っ白い塩は、なんとも無機質だな、という感は否めない。各種ミネラル含有量を表示したいろいろな商品名の塩に、消費者の手が伸びるのは、昔の塩に対する舌の記憶が人々に残っているからなのかもしれない。

須磨の海女（あま）の塩焼き衣（きぬ）の慣れなばか　一日も君を忘れて思はむ　山部赤人
志賀の海人（あま）の塩焼く煙風をいたみ　立ちは上らず山にたなびく　詠み人知らず

万葉集に詠われた藻塩は、どんな味がしたのであろうか。

■参考文献・資料等

『中国塩政史の研究』佐伯富　法律文化社　一九八七
『宮崎市定全集　10　宋』宮崎市定　岩波書店　一九九二
『宮崎市定全集　11　宋・元』宮崎市定　岩波書店　一九九二
『宋代における塩引の研究』安蘓幹夫　広島経済大学経済研究論集　一九八八
『塩〈ものと人間の文化史7〉』平島裕正　法政大学出版局　一九七三
『西夏文字の話』西田龍雄　大修館書店　一九八九

『西夏簡史』钟侃、吴峰晕、李范文著　宁夏人民出版社　二〇〇一
『宋代食盐与周边民族关系』林文勋　云南民族学院学报　一九九三
『宋夏青白盐问题』杜建录　固原师专学报　一九八七
『论北宋与西夏的贸易』霍升平　中州学刊　一九八八
『贸易与西夏侵宋的关系』李华瑞　宁夏社会科学　一九九七
『青白盐使与青白盐刑律』郭正忠　宁夏社会科学　一九九五
『充满谜团的王朝　西夏』杜玉冰　中国国家地理　二〇〇四

『四国演义　宋、辽、西夏、金』唐荣尧　中国国家地理　二〇〇七
『中国有条贺兰山』唐荣尧　中国国家地理　二〇〇八
『贺兰山』『六盘山』陈旭、潘波　中国国家地理　二〇一〇
『謎の名画・清明上河図』野嶋剛　勉誠出版　二〇一一
『東京夢華録』孟元老　平凡社　一九九六
运城博物馆「鹽盐春秋专题展」山西省　運城市
たばこと塩の博物館　東京都墨田区

※この作品は、二〇二〇年十月、弊社より刊行された『青き塩』に加筆・修正し、改題したものです。

文芸社文庫

西夏の青き塩

二〇二二年六月十五日　初版第一刷発行

著　者　五十嵐力
発行者　瓜谷綱延
発行所　株式会社　文芸社
〒一六〇－〇〇二二
東京都新宿区新宿一－一〇－一
電話　〇三－五三六九－三〇六〇（代表）
〇三－五三六九－二二九九（販売）

印刷所　図書印刷株式会社
装幀者　三村淳

ISBN 978-4-286-23945-3

［文芸社文庫　既刊本］

阿岐有任
籬（まがき）の菊
中納言の君から妊娠したとの手紙が東宮に届く。世は乱れ、東宮御所には怪物・鵺が現れ、「穢れ」が入り込む。錯綜する事態の中、平安貴族たちの葛藤と愛を描いた第1回歴史文芸賞最優秀賞受賞作。

麻野涼
死の臓器
熊本の病院の医師が警察から取り調べを受けた。死期の近いがん患者から腎臓を摘出し、移植手術を行っていた容疑だ。臓器売買をめぐる大病院、製薬会社の陰謀を暴いた医療サスペンスの傑作。

宇賀神修
フェルメール・コネクション
フェルメールの絵に隠された〝鍵言葉〟と、第二次大戦の封印された事実を探る新聞記者の森本は、ロスチャイルド家とナチ残党の暗闘に巻き込まれていく。史実と虚構が織り成す壮大なミステリー。

小田垣邦道
ユリシーズ　「日本ミニバン」誕生物語
1994年、日本初のミニバンが発売された。生活様式が変化しつつあった時代、革新的なアイデアを盛り込んだ車は空前の大ヒットとなる。モノづくり日本の技術者たちのプライドを描く。

［文芸社文庫　既刊本］

黒川甚平
1972年からの来訪

1992年、山荘を管理する永森の呼びかけで大学時代の仲間が集まった。束の間の避暑のはずが…。日本中を震撼させた〝革命〟から20年後、あの時代を知る者たちの総括を描くサスペンス小説。

小島英俊
昭和の漱石先生

実は漱石は終戦の日まで生きていた⁉ 敗戦へと向かう日本の流れを止めようと、漱石はどんな手を打ったのか。昭和史の裏で暗躍する姿を描く歴史改編小説。第2回歴史文芸賞最優秀賞受賞作。

白蔵盈太
あの日、松の廊下で

浅野内匠頭が吉良上野介を斬りつけた本当の理由とは？　二人の間に割って入った旗本・梶川与惣兵衛の視点から、松の廊下刃傷事件の真相を軽妙な文体で描く。第3回歴史文芸賞最優秀賞受賞作。

白蔵盈太
討ち入りたくない内蔵助

一生裕福で平穏だったはずの大石内蔵助の人生は、主君が起こした刃傷事件によって暗転する。利害と忖度にまみれた世間に嫌気がさしつつも一人踏ん張る内蔵助の「人間味」を描いた新たな忠臣蔵。

［文芸社文庫　既刊本］

白蔵盈太
画狂老人卍　葛飾北斎の数奇なる日乗

奇人変人、でも天才。偏屈で一般常識など持ち合わせていない江戸の大絵師・葛飾北斎の破天荒な日常と、絵への尋常ならざる探求心とを、師匠に振り回される常識人の弟子の視点から生き生きと描く。

高井忍
新説　東洲斎写楽　浮世絵師の遊戯（ゲーム）

江戸後期に突如現れ、1年足らずの期間に数々の名作を残し、忽然と姿を消した浮世絵師・東洲斎写楽。その正体を巡り、4つの歴史談義が繰り広げられる。歴史謎解きエンターテインメント。

原田実
疫病・災害と超古代史　神話や古史古伝における災禍との闘いから学ぶ

ギリシア神話や聖書、日本の『竹内文書』には古代世界を襲った災厄や疫病が記されているが、それらが刻印されている意味とは何か？　コロナ禍に見舞われた2020年を総括しながら考察する。

三吉眞一郎
死の名はワルキューレ

第二次大戦末期、独空軍中将ガーランドは、極秘に製造を進めていた戦闘機「ワルキューレ」に乗り込む精鋭部隊を結成する。愛する人を守るため、祖国を守るため、軍人たちは誇りを胸に立ち上がる。